1ST KISS《ファーストキス》

坂元裕二

いけだ

The Fossil Record

ファーストキス　1ST KISS

1　駅のホーム（2024年7月10日、夕方）

警笛が鳴り、線路上で立ち上がった硯駈（44歳）。
よれたスーツ、はみ出したシャツ、野暮ったい眼鏡、顔も
体もたるんだ中年男性である。
顔をあげると、今まさに電車が迫ってきている。
駈、電車をぽかんと見ながら、ゆっくり流れる時間の中で
思う。

駈の声　百年後には今いる人はみんな死んでる。どうせ人間の一生
なんて、ちゅん、ってほどの出来事なんだ

電車は数センチずつ接近してきている。

駈の声　そうだよ、人生なんてこんなもんだ……

達観しているが、電車が目の前まで来ると。

駈の声　……（突然、動揺し）や、待って！

駈、慌てて手を伸ばす。
左手の薬指に結婚指輪がある。
電車がその手のひらに触れた瞬間、再び時間が動き出し、
一気に電車が走り抜けた。

駈の声　ちゅん

2　硯家の部屋（2024年12月24日、朝）

2LDKのマンションの一室の、カーテンもドアも閉め切られた寝室に、駈の遺影がある。

しかめっ面の遺影だ。

埃をかぶっていて、花瓶に花もない。

結婚指輪が置いてある。

「八神不動産」のカレンダーがあって、七月だ。

インターホンが鳴るのが聞こえる。

*

居間、こっちのカレンダーは十二月だ。

こたつで、洋服のままで寝落ちしている女性、硯カンナ(45歳)。

鳴り続けるインターホンに目を覚まし、ずるずるとこたつから這い出るカンナ。

カンナ　寒い。だいぶ寒い……

置いてあった洗濯籠の中から靴下を出し、履こうとして、作りかけの舞台美術デザイン画の模型が頭の上に落ちてくる。

＊

玄関で、カンナ、眼鏡をかけて、宅配便の配達員からクール便を受け取ろうとしていて。

カンナ　だいぶ寒いですね
配達員　代引きになります

カンナ、着たままのジャケットから財布を出し。

カンナ　なんだっけ、何買ったっけ……

カンナ、荷物に顔を寄せて。

カンナ　あ……こ、これ、餃子です。三年待ちのお取り寄せ餃子。届くの三年待ってたんです。待ちすぎて待ってたことも忘れてました（と、笑いが込み上げて）

配達員　（口元を示して）よだれが

カンナ　（思わず靴下で拭いて）寒いと出ますよね

配達員　出ますよね（と、合わせる）

＊

餃子の箱を手に、にやにやしているカンナ。

カンナ　帰ってきたらね

冷凍庫にしまって、ドアを閉める。

その勢いで貼ってあった写真が落ちた。

まだ若い頃のカンナと駈の写真で、何枚か貼ってある中に駈がトウモロコシを茹でているものもある。

カンナ、冷めた目で拾って、マグネットで留める。

3　劇場・スタッフ出入り口

現在公演中の2・5次元演劇『猫耳王子の薔薇戦争』のポスターが貼ってある。

にやにやしながら入って来るカンナ。

壁に着到板《ちゃくとうばん》があって、俳優たちの列の下に、『美術デザイン　硯カンナ』の札があり、裏返す。

俳優の青山悠人（24歳）が通って、小型犬がカンナになついて飛び込んでくる。

悠人　（犬に）ココナー、また甘えちゃってー

カンナ　（犬は苦手で必死に顔を背け）甘えちゃってー

4　同・舞台袖（夜）

本番中で、上演モニターを見ながら美術用家具の補修をしているカンナと助手の世木杏里（22歳）。

カンナ　動物が嫌いだって堂々と言える社会に早くならないかな。
ねえ、年越し一緒に……

杏里　（手のひらを出して断って）彼氏と温泉行くんで

カンナ　じゃそこに参加しようかな、お背中流しますよ？

舞台監督の大島保（52歳）が大慌てで通って。

保　青山くん、小道具忘れて舞台上がっちゃったよ

カンナ、やれやれと立ち上がって。

5　同・舞台上の橋〜舞台

美術セット上部の骨組みの上を、拳銃を持って匍匐前進しているカンナ。

ステージで『猫耳王子の薔薇戦争』が上演されており、猫耳を付けた中世の貴族風コスチューム姿の悠人と茅島勇磨（26歳）が決闘している。

眼鏡を落としそうになるが、掴み、かけ直すカンナ。

カンナ　青山くん。青山くーん（と、小声で呼びかけて）

カンナ、手を伸ばし、悠人に拳銃を差し出す。

何とか受け取る悠人。

カンナ、安堵して行こうとして、気付く。

目の前に大きなスピーカーがあった。

まずい！　と思った瞬間、悠人が勇磨に向けて撃った。

カンナの目の前で爆音。

6 首都高

走って来るジープ・ラングラー。
運転しているカンナ、助手席に犬のキャリーを抱えた悠人を乗せている。
荷台には舞台美術の装置が載っている。

悠人 すいません、送ってもらっちゃって
カンナ うん？　あ、いえいえ（と、耳をとんとん叩く）

ラジオから聞こえる結婚準備アプリのＣＭ。

女性の声 一生ときめいていたいから、結婚した

男性の声　一生恋していたいから、結婚した

カンナ　(聞いていて、苦笑し)

悠人　これ、僕が声優したんです

カンナ　そうなんだ。いいこと言うねー

悠人　よくいるじゃないですか。出会った瞬間が一億点で、結婚してからは減点していくだけの夫婦って

カンナ　(身に覚えがありながら) いるねー

スピードを上げていくカンナ。

悠人　夫婦で会話ないとか目合わさないとか、最悪でしょ

カンナ　そうだねー

またスピードを上げるカンナ。

三宅坂ジャンクションのトンネルに入る。

悠人　あ、硯さんって離婚されたんでしたっけ

カンナ　大丈夫。今朝再婚したから、餃子と（と、ひとり笑う）

7　硯家の部屋

カンナ、帰って来るなり、ぶつぶつ言いながらバッグを投げ出し。

カンナ　嫌い嫌い、動物も人間もみんな嫌い

真っ先に冷凍庫から餃子の箱を取りだし。

カンナ　あなただけ

タブレットで料理サイトを見ているカンナ。

『トウモロコシは皮のまま茹でましょう』のページをスワイプし、餃子の焼き方のページを見つける。

餃子をフライパンに並べ、水を注ぎ、蓋をする。

ぱんぱんと手を叩いて、祈って。

カンナ　美味しくなりますように

ぶるっと震えて。

カンナ　さむっ

エアコンをつけようとするが、リモコンがない。

こたつの中まで探すが、ない。

思い付いて、廊下を振り返る。

閉まったドアの前に行って、躊躇するが、入る。

暗い部屋の中、リモコンを探す。

掴んでみると、古生物ハルキゲニアの模型だった。
気味悪く、ひっと声をあげて投げ捨てる。
物音がし、何か倒してしまったようだ。
明かりを点け、リモコンを見つけた。
振り返ると、模型が当たった駈の遺影が倒れている。
カンナ、遺影を立て直す。
なんとなく見ていて、ふいに何やら臭いを感じる。
まさかと思って部屋を出て、キッチンに戻ると、フライパンから黒煙が上がっている。
蓋を取ると、餃子が焦げている。
慌ててヘラで餃子をすくって、皿に移す。
皮がすべてフライパンに張り付いてしまっていた。

カンナ ……死ぬ

絶望し、冷蔵庫によりかかるカンナ。

その時、スマホが鳴り出して、出る。

カンナ　はい……え。どれの、どこが破損したんですか？　はいはいはいはい、あ、すぐ戻るんで、そのまま、はい

8　首都高

ラングラーが走る。

運転している、ニット帽、マフラーなどで厚着をしたカンナ。

三宅坂ジャンクションのトンネルに入る。

カンナ　（ため息つき）三年待ったのに。戻りたい。餃子焼く前に戻りたい……

その時、頭上で何か音がする。

カンナ　え？　飛び石……？

石が飛んできて、フロントガラスに当たった。

カンナ　えー!?

トンネルの内壁が剥がれ落ちていく。
光が明滅し、時空に異常が生じる。
カンナ、叫びながらブレーキを踏むが、利かない。
進行方向に裂け目がある。
叫ぶカンナ。
裂け目に飲み込まれていくラングラー。

9　山間の道路（2009年8月1日）

トンネルから出て来たラングラー。

運転しているカンナ、目を開けると、周囲は山々に囲まれた道路。

真っ昼間で、日射しが照りつけている。

蝉の鳴き声が聞こえ、夏のような景色。

カンナ、呆然と、……。

10　白樺の道

小学五年生の、ポラロイドカメラを構えた皆本佳林とメモ帳とペンを持った吉山一輝が来る。

半袖半ズボンである。

結婚記念の写真を撮っているタキシードとウエディングド

レスのカップル、山根廉（29歳）と山根美月（29歳）の姿がある。
鹿が来て、ウエディングドレスを食べはじめる。

一輝　すみません、夏休み新聞を作っています

佳林、新郎新婦を撮ろうとしていると、走ってくるカンナのラングラー。
段差に乗り上げてバンパーをぶつけ、動かなくなるラングラー。
タイヤが空回りしている。

一輝　皆本さん、事件だ

カメラを構えていると、降りてくる汗だくのカンナ。

一輝　すみません、芸能人ですか？　謝罪はしますか？
佳林　ただの汗だくのおばさんだよ

厚着のカンナ、鳴く蝉の声、周囲の緑の木々、空の日射しを混乱して見上げている。

カンナ　……今何時？
一輝　汗だくのおばさんに時間聞かれた
佳林　不審者だ

佳林、ポラロイドカメラをカンナに向ける。

カンナ　何撮ってるの（と、威嚇）

カンナの写真を撮る佳林。

カンナ　ねえ、ここどこ……あ

ホテルの看板が見えた。
カンナ、佳林のポラロイドから出て来た写真を取り上げ、
ホテルに向かって歩き出す。

11　高原ホテル・正面エントランス

歩いてくるカンナ、見回していると、車寄せ係の岡村潤一
(35歳)から服装を怪訝そうに見られて。

岡村　お客様……?

カンナ　ここ、昔ここ来たことあります

12　同・ロビー

見回しながら入って来るカンナ。

夏の花火大会のポスターが貼ってある。

従業員、宿泊客の姿があり、みんな夏の装いである。

ガラケーで電話している人がいる。

どういうことだ？　と見回すカンナ。

中央に幕で隠された大きなオブジェがあるのに気付き、歩み寄る。

支配人の鳩村咲楽（55歳）と客室責任者の宇佐見慶吾（55歳）がオブジェを見上げていて。

咲楽「（除幕の紐を）こいつを引っ張ればいいんでしょ？」

慶吾、高畑カンナのプロフィール資料を見ながら。

慶吾　まだですよ。今晩美術デザインのたかはたさんがいらして、仕上げ作業をされますから……

横にカンナがいて。

カンナ　たかばたけ、じゃないですか？

咲楽と慶吾、ふりがなを見ると、たかばたけとある。

咲楽　ほんとだ、たかばたけかんなさんだ
慶吾　ありがとうございます（と、カンナを見て）

カンナの佇まいに不審な目をする咲楽と慶吾。

13　同・客室フロア

カンナ、急ぎ足で来る。
客室の前にカートがあり、新聞紙が置いてあった。
バラク・オバマ大統領の写真入りの記事が見える。
振り返ると、近付いてくる警備員。
不審げに見られる。
カンナ、逃げるように、ドアロックを挟んであるドアを開けて室内に入る。

14

同・客室～ベランダ

入って来たカンナ、進み、テラスに出る。
ここは二階で、外にガーデンエリアが見える。
広い敷地にチャペルが建っているのが見える。
カンナ、テラスの柵をまたぐ。

15 同・庭園

二階の柵をまたぎ、降りようとしているカンナ。
眼鏡がずれて落ちた。
手を伸ばした拍子に足を踏み外した。
コートの襟が手すりにひっかかって止まった。
宙づりになったカンナ。
大量に積み重ねたファイルを抱えて歩いている眼鏡の男の姿が見える。

カンナ　助けてー！

コートから抜け落ちるカンナ、転落し、植え込みに突っ込んだ。
カンナ、草まみれになって這い出ると、眼鏡の男が駆け寄ってきた。

男　あの、すいません。今助けてと聞こえませんでしたか？

カンナ、落とした眼鏡を探しながら。

カンナ　わたしです、わたしが言いました
男　叫び声のようなものが聞こえました
カンナ　わたしの叫び声です

カンナ、男の顔を見て、え、となる。

男　あなたの……？

カンナ、男の眼鏡を取って、自分にかける。
くっきり見えた顔は、硯駈（29歳）であった。

カンナ　（その顔をぽかんと見て）今、何年、何月ですか？
駈　（え？　と思いながら）二〇〇九年、八月……
カンナ　（理解し、駈の顔をまじまじと見て）久しぶり

駈、落ちていたカンナの眼鏡を見つけ、拾って。

駈　お会いしたことがありましたか？
カンナ　いえ、まだはじめてです

眼鏡を交換し、かけるカンナと駈。
向かい合った四十五歳のカンナと二十九歳の駈。
駈、ポケットに手を入れ、ペンや名刺やレシートをどんどん落とす。

カンナ　何してるんですか？
駈　あなたの顔がとても汚らしいので、拭くものをと

カンナ　言い方……

硯駈、ようやくハンカチを見つけて、カンナの顔を拭こうとして手を伸ばす。

カンナ　（どきっとして、避けて）自分で拭きます

カンナ、ハンカチを受け取ると、恐竜の図案入りで、硯駈と名前が書いてある。

カンナ　スズリカケル……
駈　読めるんですか？
カンナ　名乗ってたんで（と、ぼそっと）
駈　はじめてです。僕の名前を読める方にお会いしたのは（と、カンナを見て、嬉しそうに微笑む）
カンナ　（拭きながら、その笑顔にどきどきして）……

駈　（カンナを見て、頷き）ましになりました

カンナ　言い方……

駈　硯駈と申します。あなたのお名前は？

カンナ　……

駈　お名前は……

距離を詰める駈。

カンナ、動揺し、思わず駈を突き飛ばす。

カンナ　わたしは、わたしはただ、餃子焼く前に戻りたかっただけなんだよ

逃げるように走り出すカンナ。

駈　あの……！

追いかけようとするが、転んでしまう駈。
振り返って、情けなさそうに見るが、行くカンナ。

16　白樺の道

走ってきたカンナ、ラングラーに乗り込む。
思い切りアクセルを踏んでバックし、Uターンし、走り去る。

17　首都高（2024年12月24日、夜）

トンネルから出て来たカンナのラングラー。
そこは首都高であり、夜の都内の景色が広がる。
見回し、安堵するカンナ。

18　劇場・舞台上

スタッフたちと共に損傷した舞台装置を修理しているカンナと杏里。

杏里　大丈夫でした？　首都高で事故あったっぽいですけど

カンナ、ポケットに手を入れる。
白樺の道で佳林に撮られたポラロイドが出て来た。
威嚇して睨んでいるカンナの写真。
もうひとつ、恐竜の図案の駈のハンカチ。

カンナ　事故とかでさ、時空が歪むって聞いたことない？　そんなわけないか……

杏里　時間って流れて消えるわけではありません。過去も未来もミルフィーユのようにあって、赤ちゃんのわたし、おばあ

ちゃんのわたしは同時に存在するんです。つまりわたしには孫がいます

カンナ　孫いるの？

杏里　中二の時に書いた小説の話です

カンナ　あー。ミルフィーユね……

頭上を舞台装置が回転してくる。

杏里　あ、頭

カンナ　頭？（と、頭を上げて、装置にぶつける）

19　硯家の部屋（2024年12月25日、朝）

カンナ、こたつでトーストを食べながら首都高の事故のニュースを見ていると、インターホンが鳴った。

20　マンションのエントランス

手土産を持って訪れたテレビ局のプロデューサーたち、田端由香里（40歳）と越智智仁（30歳）。

田端、テレビ局の封筒から、『ドラマスペシャル企画　いのちを抱きしめた男』の書類を出す。

むすっと応対しているカンナに差し出す。

田端　ぜひご主人をドラマ化したいんです

越智がタブレットでプレゼン資料を表示させる。

動画で、『令和に蘇った人の優しさ』『残された妻が涙でつづる感動秘話』など出る。

田端　主人公、硯駈はかつて古生物の研究者を志していました。
しかし結婚を機にその道を捨て、不動産会社の経理担当と

して働いておりました

淡々と聞いているカンナ、手土産の包みを開け、食べはじめる。

田端　そんな平凡な中年男性が運命の時を迎えます。仕事を終え、家に帰る駅のホームで、ベビーカーが線路に転落するのを目撃しました

ホームに立つ中年男性、線路に転落したベビーカーの赤ん坊、ホームで叫んでいる母親のイラスト。

田端　誰もが怖れて躊躇する中、硯駈はただひとり線路に飛び降り、ベビーカーを助け出しました

赤ん坊を抱き上げて母親に手渡している中年男性。

田端　しかしその時、無情にも電車が来てしまった

　食べ続けるカンナ、……。

田端　彼の行動は日本中の感動を呼びました。テーマは夫婦愛です。お二人を描くことで愛と感動をお届け……

　お菓子が詰まったようにむせるカンナ。

カンナ　（苦笑し）夫婦愛？
田端　はい
カンナ　へー。知らない人を助けるために妻を残して。家族を残して死ぬ人間が、夫婦愛？　へー。すごいすごい
田端　（焦って）こちら、最新の４Ｋ映像で撮影を……

21

硯家の部屋

戻って来て、ドアチェーンをするカンナ。
駈の部屋を見る。
カンナ、思い返すように、……。

22

カンナの回想

十五年前のカンナのワンルーム。
二十九歳で出会った頃のカンナと駈。
こたつでカンナと駈、柿ピーを食べながら、立体四目並べをしている。
カンナ、自分の玉を棒に通そうとしていると。

駈　結婚しようか？

カンナ、え、と手を止めて。

カンナ　付き合いはじめてまだひと月経ってないよ？

駈、テーブルの柿ピーを示す。

駈　君は柿ピーの柿が好きで、僕はピーナッツが好き

カンナ　つまり？

駈　生物は異なる種が共に生きることで変化に対応してきた。
好みが違う僕たちには生存法則上の必然性がある

カンナ　つまり？

駈　君のことが好き。一生一緒にいたい

カンナ　なるほど

駈　（駄目かなと動揺）

カンナ　硯カンナか。また読みにくい名前だな

駈　え

カンナ　（頷き）結婚しよ

駈、思わずガッツポーズをして。

駈　やったー！

カンナ　（歓喜する駈を見て、微笑《わら》って）

＊

二人の新居（現在の２ＬＤＫ）。

引っ越してきたばかりで段ボールが積んである。

台所で、トウモロコシを茹でながら、棚に食器をしまっているカンナと駈。

駈　トウモロコシってね、いつ生まれたかわからなくて、宇宙からきた植物だって言われてるんだよ

カンナ　へえ……あ、お皿触らなくていいから
駈　大丈夫だって……あ

落とす駈。
咄嗟に手を伸ばして掴むカンナ。

カンナ　駈は壊れるものには触ってはいけません
駈　まるで子供扱いだ

カンナ、駈の段ボールにぼろぼろの子供向けの恐竜図鑑が置いてあるのを示し。

カンナ　こんなの大事に取ってるし、十分子供だよ
駈　(微笑って) 確かに

茹であがったトウモロコシを囓って、美味しい！　と顔を

見合わせる二人。

駈、カンナの靴下を見て。

駈　ねえ、それ僕の靴下なんだけど

＊

その後、こたつで美術用の模型を作っているカンナ、大学の退職願を書いている駈。

カンナ　駈が会社員になって上手くやっていけるのかな

駈　今の給料じゃ食べていけないし

カンナ　わたしもまだ仕事ないけど頑張るし

駈　カンナはいつか立派なデザイナーになれるよ

こたつで寝てしまったカンナを抱えて、ベッドまで連れて行く駈。

カンナ　（寝ぼけながら）なんか心配……

駈　大丈夫、心配なんてさせないよ

＊

二年後、クリスマスの夜。

慌てて帰って来た、おしゃれしているカンナ。

カンナ　ごめん、遅くなっちゃった……

チキンなどの料理とグラスが用意されているが、しかし駈の姿がない。

部屋に行くと、デスクで仕事をしている駈。

ハンガーにかかっている野球のユニフォーム。

カンナ　ごめん、ただいま

駈　（続けながら、振り向かず）おかえり

カンナ　怒ってる？

駈　怒ってないよ。仕事残ってるから

カンナ　ケーキ、ちょっとでも一緒に……

駈　時間なくて

カンナ　乾杯だけしてすぐ帰ってきたんだよ

駈　だからいいって言ってるよね。僕が怒ってるみたいに言わないでくれるかな

カンナ　言ってないよ。自分だって、この間約束してたのに草野球行ったじゃん

駈　仕事だよ

カンナ　草野球が？

駈　何その言い方。僕が部長に嫌われてもいいの？

カンナ　じゃなくて、いいんだけどさ……

古雑誌などと一緒に恐竜図鑑が紐でくくってある。

カンナ　これって……

駈　帰って来た時、エアコン点けっぱなしだったよ

カンナ、思わず持っていたバッグを叩きつけて。

カンナ　トラブルあったから慌てて出たんだよ！

駈　（ため息）

カンナ　ごめん

駈　（仕事を）待ってもらってるんだけど

カンナ　わかったよ。そんな目で見ないでよ

部屋を出るカンナ、仕事を続ける駈。

＊

一年後、カンナ、帰って来ると、作業を終えた配達員が出

ていった。

駈　ありがとうございました

カンナ、何かと思って駈の部屋を見ると。ベッドが置いてある。

カンナ　買ったんだ
駈　時間ずれること多いし、あった方が便利でしょ
カンナ　ふーん……

畳んで置いてある洗濯物。
靴下も畳んで積んである。

カンナ　洗濯はするって言ったじゃん
駈　明日着るから

カンナ　自分のだけしたの？
駈　だってわかんないし。駄目？
カンナ　駄目？　って聞くのやめて。仲悪い夫婦みたいじゃん
（と、冗談のつもりで笑う）

駈も笑うが、二人共ぎこちない。
こたつの上、柿ピーのピーナッツだけが残っている。

＊

2024年6月、朝。
四十四歳になったカンナと駈。
自室で寝ている駈、目を覚ます。
自室で寝ているカンナ、目を覚ます。
台所に立つ駈、ご飯と味噌汁を用意する。
カンナ、食パンにバターを塗る。
二人は目を合わさず、お互いをさけて行動している。
ダイニングでスマホを見ながらご飯を食べる駈。

こたつでスマホを見ながらトーストを食べるカンナ。
カンナはトーストをマグカップに載せて食べている。
スーツに着替え、ごみを持って出かけていく駈。
洗面台に向かっていたカンナ、髪に気付く。
抜いてみると、白髪だった。
何本も見つけ、洗面台に並べていく。
自分の目尻を見る。
スマホを手にし、LINEを送信する。
返信がすぐに来て、画面を見て、苦笑するカンナ。

＊

2024年7月10日、朝。
離婚届けを書いているカンナ。
駈の名前は既に書き込まれており、その横に書く。

カンナ あ、コーヒーのシミついちゃった。駄目かな……

駈、ネクタイを締めながら。

駈　大丈夫でしょ

カンナ　そう

カンナ、書いた離婚届を二つ折りにし、差し出す。

駈　帰りに出しとく

駈、八神不動産の封筒に入れ、鞄にしまう。

カンナ　うっかり会社に出さないでよ

駈　はは

乾いた笑いの二人。

玄関に行く駈。

カンナ、書いたペンを戻しかけて。

カンナ　……あのさ

玄関の方を振り返る。

革靴をとんとん履きながら出かける駈。

カンナ、追おうとすると、置いてあった立体四目並べを倒してしまって、玉が床を転がる。

駈が出ていき、ドアが閉まった。

カンナ、……。

＊

模型を作っている途中で寝てしまっているカンナ。

家の電話が鳴りはじめる。

＊

夕方の駅前。

スリッパを履いたカンナが走ってくる。

駅前に数台のパトカーが停まっている。

仕事帰りの人たちが駅に入れない様子で混み合っており、タクシー乗り場にも列が出来ている。

駅アナウンスが聞こえ、人身事故のため、現在運行を停止していると伝えている。

動けずにいるカンナの背後、駅員と警察官たちが潰れたベビーカーを運んでいる。

警察官が提げたビニール袋の中に革靴がある。

23

硯家の部屋（現在に戻り、2024年12月25日）

駈の部屋に入ってきたカンナ。

埃をかぶった駈の遺影がある。

傷だらけの鞄が置いてあって、開けてみる。

八神不動産の封筒が出て来た。
開けてみると、コーヒーのシミが残った離婚届。

カンナ どうせだったら出してからにしてよね……

遺影の駈を睨み、その前に座る。

カンナ 昨日さ、あなたに会いましたよ。十五年前のさ、まだ二十代だった時のあなた。お会いしたことありましたっけ、だってさ。殴ってやればよかったよ……

カンナ、ふと思う。

カンナ もう一回、ミルフィーユ行けないかな？

24 首都高（夜）

ラングラーを走らせているカンナ。
駈の指輪をダッシュボードに置く。
文字情報板に一部通行止めが表示されている。
分岐点に来ると、一方がバリケードで塞がれている。

カンナ　ごめんなさい……！

アクセルを踏み、バリケードをなぎ倒しながら通行止め車線に入っていく。

25 白樺の道（2009年8月1日）

到着し、乗り上げて動かなくなるラングラー。

タイヤが空回りしている。
強い日射しがぎらつく車内で、カンナはもこもこの厚手のセーターを着ていて。

カンナ　またやってしまった……

降りると、佳林と一輝が来て、カメラを向ける。

一輝　芸能人ですか？
佳林　ただの汗だくのおばさんだよ
カンナ　今何年何月何日？
一輝　二〇〇九年八月一日
カンナ　よし

カンナ、ボンネットに手を付いたら熱かった。
熱がっているカンナをポラロイドで撮る佳林。

26　高原ホテル・ロビー

カンナ、入って来ると、咲楽と慶吾が幕で隠した周年オブジェを見上げていて。

咲楽　こいつを引っ張ればいいんでしょ？

慶吾　まだですよ。今晩美術デザインのたかはたさんがいらして、仕上げ作業をされますから……

二人の背後を、カンナ、ベルボーイが運ぶカートの裏に隠れるように並行して進んでいく。

カンナ　たかばたけ……

27　同・庭園

出て来たカンナ、見回すと、積み重ねたファイルを運んで歩いている駈の姿が見えた。
駆け寄ろうとして、ふと思って、窓ガラスに映る自分を見る。
髪はぼさぼさ、ノーメイク、汗だくでひどく疲れた顔をしている。
もう一度駈を見ると、若々しい顔だ。
カンナ、必死に手ぐしで髪をなでつけ、自分の首元のにおいをくんくん嗅ぐ。

28

同・ストアエリア

カンナ、おしゃれなシャツを買おうとして手にし、財布を開けたら、小銭しかなかった。
見回すと、ワゴンに千円のTシャツがあった。

広げて見て、う、と。

29

同・庭園

色んな種類のかき氷のイラスト入りの『かき氷が好きだ！』Tシャツを着て戻ってきたカンナ。

駈がいた場所を見るが、既にいなくなっている。

焦って駈を探しはじめるカンナ。

30

同・テラスレストラン

見回しながら来るカンナ。

庭園に面したレストランにテラス席がある。

駈が大学の教授の天馬市郎（60歳）とテーブル席で話して

いる。

斷　何とか三百部用意出来ました

市郎　大変だったね。とりあえず飲もう

物陰より顔だけ覗かせて観察しているカンナ。
市郎が斷にシャンパンを注いで。

市郎　はい、乾杯

斷　はい、乾杯

斷、困惑しながら飲んで、むせる。

カンナ　飲めないくせに

市郎　はい、乾杯（と、注いで）

斷　はい、乾杯（と、飲んでむせる）

カンナの足元に大型犬が五頭ほど集まって来て、足にすりすりしている。
駈、むせていると、天馬里津（27歳）が来た。

里津　（携帯を手に）パパ、充電器貸して……（駈の状況に気付き）大丈夫？
里津、駈に寄り添って水を飲ませてあげる。

カンナ　（なんかむっとして）……
カンナ、気付くと、足元に大型犬が群れていて、おしっこをひっかけていた。
カンナ、ひい！　と。

市郎　男っていうのはね、家族のために働いて金を稼ぐ。そう

やって一人前になっていくの

駈　はい

里津　お説教はいいから

市郎　お説教じゃないよ。僕は君たちの……

どこからか悲鳴と犬の鳴き声が聞こえる。

駈たち、庭の方を見ると、大型犬に慕われて揉みくちゃに

なっているカンナ。

市郎　楽しそうだね、あのおばさん

里津　犬が好きなんだね、あんなに喜んで

駈　喜んでるんでしょうか

駈、カンナの方に行く。

駈　喜んでますか？　苦しんでますか？

カンナ　苦しんでます。犬、無理なんです、助けて
駈　あ、はい。えっと（と、カンナと犬を見て）
カンナ　わたしの方
駈　はい

駈、犬を引き離そうとする。

駈　君たち。君たち……うわ

駈も犬たちに覆いかぶさられた。
叫ぶカンナと駈。

31　同・トイレ前の通路

女性トイレから顔をタオルで拭きながら出て来るカンナ、

男子トイレから顔を拭きながら出て来る駈。
顔を見合わせ、やれやれでしたねと微笑う。

駈　たかばたけさん

カンナ　毎回訂正するのが面倒で

駈　わかります。じゃ、では

カンナ　はい。では

と言いながらも、まだ向かい合っている二人。

駈　高畑さん、かき氷お好きなんですか？

カンナ　わかりますか

駈　（Tシャツを見ながら）わかり過ぎるほどに。この近くに
有名なかき氷屋さんがあります

カンナ　へえ……（と、期待）

駈　（誘えず）行かれるとよいと思います。では

カンナ　（落胆し）では

二人、去りかけて。

駈　（振り返って）場所がわかりにくいかもしれません

32　かき氷店の前の通り

古民家のかき氷屋。
炎天下、ものすごく長い行列の最後尾に並んでいるカンナと駈。

駈　東京で、大学の研究員をしております
カンナ　へー、そうなんですかー
駈　明日、その学会があのホテルでありまして

カンナ　それは知りませんでした
駈　今はじめて言いました
カンナ　今はじめて聞きました
駈　わたしの研究は、古生物学と申しまして、恐竜を専門としているのですが、中でも……

駈、手帳に挟んであった奇妙な古生物ハルキゲニアの画像を見せる。

カンナ　（あー出たと顔をしかめ）……
駈　ハルキゲニアと言います。およそ五億年前のカンブリア紀に生息した葉足動物です。ご覧のように七対の脚、七対の背中の棘がありますが、驚くことにこのハルキゲニア、八十年代以前は上下逆だと思われてたんですね（と、夢中になって話す）

退屈そうに聞いているカンナ、前の列が進んだので、
詰めようとするが、駈は説明に夢中だ。

駈　僕が尊敬するチャールズ・ウォルコットという古生物学者
　　　がおりまして……
カンナ　硯さん
駈　はい、高畑さん、ご質問でしょうか？
カンナ　列が進みました
駈　列。あ、この列ですね。はい

前に詰める二人。

駈　失礼しました。なんの役にも立たない話をしてしまって
カンナ　役に立つ話をされるよりはましです
駈　（微笑って）

急な石段の途中で並ぶことになった。
駈、カンナを庇うように後ろに立つ。

カンナ　(嬉しく) どうして昔の生物が好きなんですか？
駈　地球が誕生して四十六億年。わたしたちの一生はおよそ八十年です
カンナ　(もっと短いのを知っていて) ええ……
駈　人の一生はほんの一瞬、ちゅんって間に終わります
カンナ　ちゅん
駈　でもね、こんな物理学的観点もあります。時は流れておらず、過去、現在、未来は同時に存在している
カンナ　あー
駈　人類には認識出来ないだけで、わたしたちは恐竜やハルキゲニアと同じ時空を生きてるし、自分の死後に生まれる人とも同時に生きてると言えるんです
カンナ　中学二年生の書く小説みたいですね

駈　（微笑って）ええ。でもそう思うと、人生は決して短くはないし、未来が既に決まってるというのは、なんだか運命の赤い糸みたいでどきどきしませんか？

カンナ　赤い糸。誰なんでしょうね

駈　物理学的に、運命の人とは既に出会っています

カンナ　へえ……

後ろにいる派手な若い女性二人組の真山日菜と君島愛莉が聞こえよがしに。

愛莉　列進んでんだけどな

日菜　おばさん、老眼で見えねえのかな

カンナ　（むっとし、二人に）いい？　わたしたちもあなたたちも既にかき氷を食べ終わってるの

日菜、愛莉、は？　と。

カンナ　そしてあなたたちも既におばさんになっていて……

駈　（カンナを制して）詰めましょう

＊

だいぶ近付いたカンナと駈、列を数えていて。

カンナ　（指さして）八、九、十、もう少しですね

駈、カンナが結婚指輪をしていることに気付く。

カンナ　（その視線に気付き、あ、と）

カンナ、慌ててポケットに手をしまう。

駈　（目を逸らし、動揺していて）

カンナ　いや、これは……

駈　も、申し訳ありません、ご家族がおありの方をかき氷に連

れ出すなどしてしまい……

カンナ　いえ……

駈　何とお詫びしたらいいのか……

カンナ　先日離婚したんです

駈　はい？

カンナ　バツイチなんです。これは抜けなくなっただけで

駈　あー……

カンナ、もう一度手を出すと、ポケットに入っていたスマホを持っている。

駈　（うん？　と見る）

カンナ、慌ててしまうものの動揺していると、店員が出て来て。

店員　申し訳ありません。残り十名様で売り切れになります

驚くカンナと駈、数えてみると、自分たちの前で終わりで、愕然と、……。

駈　ごめんなさい……

カンナ　いえ、あ、あれ、良くないですか？

カンナ、向こうに見える山のロープウェイを示す。

33　ロープウェイ・上り

山を登っていくロープウェイの中のカンナと駈。

楽しそうに話している二人。

カンナ　恋は盲目って言うじゃないですか、結婚は逆に解像度が上

がります。見逃していた欠点が４Ｋで見えてきます

斯　４Ｋ？

カンナ　（構わず）例えばわたしが消し忘れた電気を、夫はいちいち消して回ってたんです

斯　駄目なんでしょうか

カンナ　（斯を見て）最低です

斯　（思わず）すいません

カンナ　相談ごとをすると、君はこうすべきだと言います

斯　駄目なんですか

カンナ　相談に必要なのは答えではなく、わかるわかる、すごいわかる、です。それ以上はいりません

斯　なるほど

カンナ　恋愛感情がなくなると、結婚に正しさが持ち込まれます。正しさは離婚に繫がります

斯　恋愛感情をなくさなければ

カンナ　恋愛感情と靴下の片方はいつかなくなります

駈　洗濯機の裏に落ちてるのでは
カンナ　彼はわたしより見知らぬ他人を優先したんですよ？
駈　それは最低ですね
カンナ　そう思いますか？（駈を睨んで）殴っていいですか？
駈　なんなら踏んでいいと思います

カンナ、駈の足を踏む。

駈　高畑さん、それは僕の足です
カンナ　失礼

気が付くと、頂上からの景色が目の前にある。
わあと思う二人。

34　山頂

カンナと駈、景色を見ながら歩いていると、トウモロコシの屋台があった。

駈　ご存知ですか？　トウモロコシって宇宙から来た植物だと言われてるんです

カンナ　へー。あ、ご存知ですか？　トウモロコシって皮ごと茹でた方が美味しいらしいですよ

駈　そうなんですか。今度試してみます

カンナ　わたしも昨夜知ったんですけど

佳林と一輝が来た。
佳林、ポラロイドカメラを向ける。

一輝　夏休み新聞を作っています。不倫ですか？

駈　違います

佳林　面白い顔してください

カンナ　邪魔しないで、しっしっ

佳林、二人を撮る。

35　ロープウェイ・下り（夕方）

今度は下りに乗っているカンナと駈。
カンナ、振り返ると、駈がこっちを見ていた。
照れたように目を逸らし、景色を見る駈。

カンナ　（そんな駈に）……

36　高原ホテル・ロビー〜庭園（夜）

カンナと駈、戻って来ると、ちょうどドレスアップした里津と女性の友人たちが来て。

里津　駈くん（と、手を振る）

カンナ、気後れし、少し後ろに下がる。

里津　庭でパーティーしてるよ。行こ

手招きし、庭の方に出ていく里津たち。
駈とカンナも歩み寄ってみると、窓越しに庭園の様子が見え、周年パーティーが行われている。
イルミネーションがあって、音楽が流れ、乾杯したり踊ったりしている人たちが見える。

カンナ　（遠慮し）ありがとうございました

斯波　（パーティーを示し）行きませんか？

カンナ　わたし、四十五歳です

斯波　それが何か？

カンナ　二十九歳の男性は四十五歳の女性とはパーティーに行かないものです

斯波　そんな決まりはありません。せっかくお会い出来たのに、このままお別れするのは嫌です

カンナ、どきっとして、思わず背を向ける。
嬉しくて笑みが浮かぶ。

斯波　高畑さん？

カンナ、呼吸して振り返って。

カンナ　五分待っててもらっていいですか？

駈　お手洗いですか？

カンナ　顔面直してきます

カンナ、ロビーに戻ろうとして、ちょっと振り返ると、駈が嬉しそうに小さくガッツポーズしている。

カンナ　（嬉しく）

咲楽と慶吾が周年オブジェの幕を外していた。
塔を模したようなオブジェが現れる。

慶吾　たかはた先生、到着されました
咲楽　たかはた先生
カンナ　たかばたけ……

車寄せにトラックが停車する。

トラックの助手席から降りてくる女性の姿。
咲楽と慶吾が出迎えている女性の顔が垣間見え、二十九歳のカンナであった。
カンナ、ふいに、体が折れる。
息が苦しくなって、胸に手を当てる。
咲楽たちに案内され、入ってくる二十九歳のカンナ。
さらに呼吸が苦しくなるカンナ、必死にその場を離れ、別の出口より外に出る。

37

白樺の道

過呼吸のようになりながら逃げてくるカンナ。
ようやくラングラーの前に来た。
必死にドアを開け、乗り込む。

38 トンネルの中～首都高（2024年12月25日、夜）

カンナ、必死に呼吸しながらラングラーを走らせ、首都高に出た。

39 硯家の部屋

カンナ、部屋に入り、遺影の前に行く。
ポケットから佳林に撮られた駈とのポラロイド写真を出して、遺影に見せて。

カンナ　パーティーに誘われたよ。たぶん彼、わたしのこと好きだよ。可愛くない？（顎に触れて）しゅっとしててさ、目なんかきらきらしてて。髪も肌も艶々だし……

しかめっ面の遺影の駈。

カンナ　ごめん。わたし、浮気してる。二十九歳のあなたに浮気してる。別にいいよね。彼はあなただから。合法でしょ、合法不倫でしょ。年はもう違うけど、同じ人間だし、また恋が生まれたって……ごめん、死んでるのに

カンナ、遺影を手にする。
埃をかぶっている。
ティッシュを取り、遺影の埃を拭きはじめる。

カンナ　だって、また会いたかったんだよ……

40　カンナの夢

最後の朝、カンナ、玄関を振り返ると、革靴をとんとん履きながら出かける駈。

＊

駅のホーム、多くの通勤客の中、仕事帰りの四十四歳の駈の姿がある。

突然、叫び声が聞こえる。

見ると、線路上にベビーカーが転落している。

ベビーカーには赤ん坊、五十嵐楓（1歳）が乗っており、母親の五十嵐美緒（30歳）が倒れている。

ホームの人々は呆然と立ち尽くしている。

楓を降ろそうとするが、手間取る美緒。

電車が入って来た。

駈、鞄を捨て、線路に降りようとする。

その時、後ろから手首を掴まれた。

振り返ると、カンナが立っている。

時間が止まって、電車、周囲の人々も停止する。

カンナ、駈の腕を掴んだまま話す。

カンナ 朝、いってらっしゃいって言ってなかったから

駈 あー、大丈夫

駈、線路に降りようとするが、カンナ、手を離さず。

カンナ わたしのことは思い出さなかったの?

駈 助けないと

カンナ わたしひとりになるんだよ?

駈 離婚しようとしてたし

カンナ (首を振り)本当は……

駈 ごめんね

駈、カンナの手をふりほどく。

カンナ　駈！

再び時間が動き出す。
ホームに降りた駈、ベビーカーに向かう。
立ち尽くすカンナ。

＊

硯家の部屋。
ダイニングテーブルで紙に書き込んでいるカンナ。
死亡届である。
駈の名前を書いていて、震える文字。

41　硯家の部屋（2024年12月26日、朝）

遺影の前でそのまま寝てしまっていたカンナ。
目から涙が流れている。

カンナ、トーストを作っている。

テレビでニュースが放送されており、首都高の復旧まではまだ数日かかる見込みだと報じられている。

カンナ、横目に見ながら冷蔵庫を開け、バターを出し、閉める。

バターを塗りはじめて、ふと思って、冷蔵庫の、駈がトウモロコシを茹でている写真を見る。

塗りながら、ある考えが浮上してくる。

＊

カンナ、写真を持って、駈の部屋に入ってきた。

机に座り、付箋に何やら書き込みはじめる。

書き終えると、壁の前に立ち、広く空いたスペースに付箋を三枚貼った。

振り返って、遺影の駈に向かって。

＊

カンナ　これはあくまでわたしの仮説なんだけど

カンナ、冷蔵庫に貼ってあった駈の写真を示し。

カンナ　この写真さ、随分昔のだけど、あなた、トウモロコシの皮、いつも剥がしてから茹でてたでしょ。普通そうするよね。この写真でもそうだったし。でも今ここにある写真は違う

写真の中の駈は皮付きでトウモロコシを茹でている。

カンナ　皮のまま茹でてる。変わったの。何故か。わたしが十五年前の駈に教えたからだよ。トウモロコシって、皮ごと茹でた方が美味しいらしいですよ、って

カンナ、壁に貼った三枚の付箋の間に矢印を引く。

付箋の一枚目『2024年　皮を剝いてトウモロコシを茹でている』↓二枚目『2009年　皮ごと茹でると教える』↓『2024年　皮ごとトウモロコシを茹でる』。

カンナ　未来が変わったの。十五年前に戻ったわたしの行動があなたの未来を変えたんだよ。こりゃあ大変だぞ

カンナ、デスクに向かって、付箋紙にどんどん書き込みはじめる。

駈の鞄から書類や財布を出し、レシートを出し、時系列でデスクに並べる。

博物館の入場券もあって、うん？　と思いながら脇に置く。

駈の最後の一日の行動を参照し、付箋を作成する。

壁一面に付箋を貼っていく。

付箋は一枚一枚に様々な出来事が書き記されており、矢印で繫ぎ、枝分かれさせ、分岐点を明示する。

カンナ　スタート地点は二〇〇九年八月一日正午。わたしと二十九歳のわたしは同時に存在出来ないから、行動出来るのは十九時までの七時間。トンネルを出たら戻ってしまうから制約もある。だけど上手くやれば、上手く書き換えれば、あなたが死ななかった今を作れるかもしれない

壁一面に大きなフローチャートが完成した。

スタート地点の付箋に『2009年8月1日12時　高原ホテル到着』とあって、最終分岐の先に二枚の付箋があって、『2024年7月10日　スズリカケル生存』と『2024年7月10日　スズリカケル死亡』がある。

カンナ、そこから少し遡って、駈が死んだ日の付箋、『2024年7月10日14時　会社退勤』を示し。

カンナ　最後の日、あなたは十四時にその日の仕事を済ませ、会社を出たのち

次の付箋『２０２４年７月10日14時10分　桃山銀座商店街たかまつ精肉店にてコロッケを買う』を示す。

先ほどのレシートを参照する。

カンナ　昔から行きつけの店でコロッケを買った。この行動を変えれば、あなたが駅で乗車する電車も変わるはず

カンナ、新たな付箋『コロッケを買わない』で分岐を作って。

カンナ　コロッケは買わなかった

矢印を分岐の先の『スズリカケル生存』まで伸ばす。
カンナ、よしと頷き、結婚指輪を外す。

カンナ　ごめんね。今からあなたと浮気してくる

*

洗面台の前、メイク道具を並べるカンナ。
鼻歌を歌いながらメイクをする。

42　高原ホテル・テラスレストラン（2009年8月1日）

市郎が駈にシャンパンを飲ませている。

市郎　はい、乾杯（と、注いで）
駈　はい、乾杯（と、飲んでむせる）

駈、むせていると、天馬里津が来た。

里津　（携帯を手に）パパ、充電器貸して……（駈の状況に気付き）大丈夫？

駈に水を飲ませる里津。

カンナ、物陰より見ていると、また犬たちが来た。

カンナ、バッグからフリスビーを取り出し、投げる。

一斉に走って追いかけて行く犬たち。

カンナ、よし、と思って、市郎と里津が充電器を取りに行き、ひとり水を飲んでいる駈のもとに行く。

カンナ　（笑顔で）こんにちは

駈の前に座る。

駈　（誰？と思って）はい……

カンナ　（椅子を寄せ、微笑みかける）

駈　（他の人に微笑んでるのかと見回す）

カンナ　（また椅子を寄せ、微笑む）

駈　……（わたしですか？　と自分を指さす）

カンナ　好きな食べ物は何ですか？

駈　わたしですか？（首を傾げ）コロッケとか……

カンナ　桃山銀座商店街のたかまつ精肉店

駈　ご存知なんですか？（と、身を乗り出す）

カンナ　（よしと思って、小声で）ここだけの話ですけど。あのお店の床、めちゃめちゃ汚いです。虫わいてます

駈　……揚げ物って必然的にそうなりますし

カンナ　コロッケ揚げてるあのおじさん、トイレの後、手洗ってませんよ。お腹壊したって人だっていますし、あのお店のコロッケは買わない方がいいです

駈　悪口って、自分を貧しくするだけですよ

会釈して席を立ち、行ってしまう駈。

カンナ　待って……

43　劇場・楽屋出入り口（2024年12月26日）

着到板の札を表にし、入って来るカンナと杏里。

杏里　最近やつれてません？　幽霊にでも会ってるんすか？

カンナ　わたしのアドバイスを聞こうとしないの

杏里　恋とアドバイスは最も遠いところにあります。まずは好きになってもらわないと

カンナ　好きになってもらう……とは？

杏里、カンナの背中をつんとする。

44 高原ホテル・テラスレストラン

水を飲んでいる駈、傍らを見ると、背中が開いた服を着たカンナが座っていて、ウインクする。

駈 ……

カンナ、またウインクする。
駈、はっと気付いて目薬を出して差し出す。

駈 あなたもドライアイですか?

カンナ (まばたきして)

45　劇場・スタッフ控え室（2024年12月26日、夜）

公演前の弁当を食べながら話しているカンナと杏里。

カンナ　どうしたら好きになってもらえるの？　ねえ、ねえねえ
杏里　誰かとジェットコースター乗って、隣で叫ばれたら自分は恐がれなくなるでしょ？
カンナ　あ、恋も同じ
杏里　誘ったら駄目です。誘われるのを……
カンナ　待てばいいのね

46　高原ホテル・ロビー（2009年8月1日）

ソファーで座って待っているカンナ。
ぼんやりと前を見ている。

駈の姿が見えるが、通り過ぎてしまった。

＊

時間経過し、同じ場所に座ったままのカンナ。
プールの支度を持って、出かけていく家族連れ。
虚ろに前を見ているカンナ。

＊

時間経過し、まだ同じ場所に座っているカンナ。
もはや虚無の顔になっている。
さっきの家族連れがプールを終えて帰って来た。
浮き輪を持っていた子供は父に背負われている。
カンナ、諦めて立とうとした時、駈が傍らに立った。

駈　失礼します

カンナ、必死に興奮を抑えて。

カンナ　……はい（と、上ずる）
駈　あの絵がお好きなんですか？
カンナ　はい？
カンナがずっと見ていた壁に、絵がかかっている。
駈　ずっとご覧になってましたよね。僕もいい絵だなと気になってて。作者をご存知でしょうか？
カンナ　えっと……（と、首を傾げる）
駈　ご存知でないなら結構です。大変失礼しました
頭を下げ、行ってしまう駈。
カンナ　（しまった）

＊

同じことをやり直しているカンナ。

駈　作者をご存知でしょうか？

カンナ、バッグから画集を出して。

カンナ　この画家です（と、どや顔）

駈　あー

カンナ　ご覧になります？

駈　是非

カンナ、ソファーの隣を空け、画集を渡す。

隣に座り、画集を見はじめる駈。

カンナ　（よし、と）

47 かき氷店の前の通り

炎天下、長い行列に並んでいるカンナと駈。
駈、ハルキゲニアの画像を見せる。

駈　この生物は……
カンナ　ハルキゲニアですね
駈　ご存知なんですか？
カンナ　葉足動物ですよね。以前の研究では上下逆だと考えられていた
駈　ハルキゲニアを知ってる方にはじめてお会いしました
カンナ　歴史が好きなんです
駈　歴史好きな人は普通伊達政宗までです

笑う二人。

カンナ　（駈の笑顔を盗み見て、高揚していて）

行列が進んでいて、親しげに話しているカンナと駈。

＊

カンナ　四十五歳です
駈　まるで同世代と話してるようです
カンナ　まるで同世代と話してるようですね。かき氷以外だと、どんな食べ物がお好きなんですか？
駈　コロッケですかね。桃山銀座商店街の……
カンナ　たかまつ精肉店
駈　そうですそうです。あそこ美味しいですよね
カンナ　（表情を曇らせて）あー……
駈　あれ？
カンナ　実はあのお店のご主人、油で火傷するのがつらくて、でもお客さんに頼まれるからって無理なさってて
駈　そうだったんですか……

カンナ　わたしはあの店でコロッケは買いません
駈　僕もやめます

48　白樺の道

走って来るカンナ、ラングラーに乗り込む。

カンナ　やった。やったやった

49　硯家の部屋（2024年12月26日、夜）

飛び込むようにして帰って来たカンナ。

カンナ　ただいま

靴を脱ぎ散らかし、駈の部屋に入る。
変わらず、駈の遺影があった。

カンナ 何で……

レシートを見ると、『桃山銀座商店街ドーナツ工房どうなっつ?』に変わっていて。

カンナ チョコクランチドーナツ……(遺影を見て)何で甘党になってるの?

カンナ、フローチャートの『コロッケを買わない』の付箋を剥がして捨てる。

カンナ 大丈夫、未来は変えられる

主線の次の付箋を見ると、『２０２４年７月10日14時35分　古書雫堂にて書籍を注文』とある。

注文書があり、葉足動物に関する専門書のようだ。

カンナ、デスクに座って、新しい付箋を書く。

壁の２００９年８月１日に新たな分岐として貼る。

付箋は『２００９年８月１日　本を手に入れた』

『２０２４年７月10日14時35分　持ってるから、本は注文しない』と続き、矢印を引き『スズリカケル生存』を示す。

50

古書雫堂・店内（２０２４年12月27日）

カンナ、学術書の並ぶ本棚を通り、レジに行く。

年老いた書店員、雨宮辰雄に注文書を差し出す。

カンナ　お願いします

辰雄、注文書を見て目の色を変え、カンナを見る。

カンナ　夫が注文したものです

辰雄　（理解し、頷く）

辰雄、引き出しから本を取りだし、置く。
カンナ、財布を出そうとすると。

辰雄　（首を振り）餞別だ

51　高原ホテル・カンファレンスホール（2009年8月1日）

大量の書類を運んで来た駈、席に並べていく。
デスクの下に潜んでいたカンナ、駈の目を盗んで、持って来た本をデスクに置く。
駈、本に気付き、おや？　と手に取る。

駈　（読みはじめ）……うん？　うん？　う～ん？

何やら動揺し、動き回る駈。
足元に隠れていて、そのたびに身を隠すカンナ。

駈　……なんだこれは

52　同・テラスレストラン

市郎がシャンパンを飲んでいると、駈が走ってきた。

市郎　はい、乾杯

駈、シャンパンを飲まずに避けて、本を示し。

駈　先生、これを見てください

市郎　あー、それね。読んだことがあるよ

駈　ここを見てください

駈、本を開き、ハルキゲニアのイラストを示して。

駈　このハルキゲニアの図案、おかしくありませんか？

市郎　別に何も……（気付き）前後が逆だ

駈　ええ、こちらが頭部で、こちらが尻尾だとされています

市郎　どういうこと？

駈と市郎、興奮して本を読みはじめる。

背後に潜んでいたカンナ、まずい、と。

駈　ケンブリッジ大学とトロント大学による発見のようです。尻尾だと思われていた部分に二つの眼とひとつの口が確認され、わたしたちが頭だと思っていたのは、体内の臓器がはみ出したものだった

市郎　上下だけではなく

駈　前後も逆だったんです

市郎　世紀の大発見じゃないの。これはいつの話？

駈　（読んで）二〇一五年……!?

は!?　となって顔を見合わせる駈と市郎。
突然駆け寄ってくるカンナ、二人の手から本を奪い、逃げていく。

市郎　何だ、あの女！

カンナ　（逃げながら）やり直します

53

硯家の部屋（2024年12月27日、夜）

カンナ、新たな付箋を書き、壁のチャートに『八神不動産には勤めない』を貼って、『スズリカケル生存』まで矢印を引く。

54

白樺の道（2009年8月1日）

バンパーがへこんで汚れたラングラーが駐まる。
息を切らしてカンナが降りてくる。
降りるなりエナジードリンクを一気飲みしている姿を撮影する佳林。

55 かき氷屋の前

炎天下、長い行列に並んでいるカンナと�。

�　わたしが尊敬するチャールズ・ウォルコットというアメリカ人古生物学者がおります……

後ろにいる日菜と愛莉、ハルキゲニアが見えて。

愛莉　うわあ気持ち悪う
日菜　食欲落ちるんだけど

カンナと駈 にも聞こえて。

駈　あ、ごめんなさい

カンナ、愛莉と日菜にハルキゲニアの絵を見せて。

カンナ　全然気持ち悪くないよ。よく見て、すごく可愛い

駈　すいません、退屈な仕事の話をしてしまいました

カンナ　退屈じゃありません。素晴らしいお仕事です

駈　今の立場で仕事と言えるのかどうか

カンナ　大学教授になればいいじゃないですか

駈　簡単になれるものではありません。転職も考えないと

カンナ　電車通勤は平気ですか、野球好きですか

駈　読書が出来るので、野球は特に

カンナ　電車の読書は、（目の前に文庫本を持つ仕草で）この状態ですよ。誰かのデカいリュックが背中に当たりながら、あーあーってなりながら会社に行ったら、毎日毎日野球の話ですよ

駈　（気圧されて）進みましたよ

駈、道路に出ると、バイクが来た。
間一髪避けて、大丈夫だった駈。

駈　どうしたんですか？
カンナ　すいません、やり直します

＊

やり直して、また並んでいるカンナと駈。

カンナ　小説家になればいいんじゃないですか？
駈　小説家……？
カンナ　小説家は家から出ないから安全ですよ
駈　小説家は安全かどうかで選ぶ職業でしょうか？
カンナ　恐竜小説書けばいいじゃないですか。がおーって。それか恐竜漫画家。がおーって
駈　（気圧されて）進みましたよ

駈、行こうとすると、カンナが腕を掴む。

カンナ　バイク来ますよ
駈　バイク？

待ってると、バイクが来た。

＊

やり直して、また並んでいるカンナと駈。

駈　転職っていうか、子供の頃はパン屋になりたいなって
カンナ　パン屋いいじゃないですか。内勤だし、何より素材が柔らかいし、安全だし。二人でパン屋さんはじめましょう
駈　二人で？
カンナ　ええ
駈　（カンナを見つめ）……
カンナ　わたし売るので、硯さん、パン焼いてください。ご近所か

ら長く親しまれるお店がいいですね。お店の名前は何にしましょう?

駈　……失礼します

踵を返し、去って行く駈。

カンナ　え?　硯さん?　バイク気をつけて

追おうとしてバイクが来て、よろけるカンナ。

56　通り

どんどん歩いていく駈を追うカンナ。

追い付き、前に立つ。

カンナ　わたし、何か失礼なこと言いました？
駈　二人でパン屋をはじめようと
カンナ　それが何か……
駈　それはほぼプロポーズです。二人でパン屋はじめましょうという概念は結婚しましょうという概念とほぼ一致します
カンナ　考え過ぎです
駈　あなたに言われたら、考え過ぎもします
カンナ　はい？
駈　こんな素敵な方とパン屋を営むという未来予想図が完成してしまったら、あ……からかうのはやめてください
カンナ　からかってません
駈　これ以上僕をどきどきさせないでください
カンナ、驚いてぽかんとし、そしてにんまりし。
カンナ　ごめん、それもう一回ちょうだい

＊

カンナ、やり直して、話すカンナと駈。

カンナ　からかってません（と、既に待機していて）

駈　これ以上僕をどきどきさせないでください

カンナ　いい、すごくいい

＊

カンナ、やり直して、話すカンナと駈。

駈　これ以上僕をどきどきさせないでください

カンナ、用意してあったスマホで音楽をかける。

カンナ　（うっとりしていて）

57

硯家の部屋（2024年12月27日）

鏡の前、パーティー用の服を選んでいるカンナ。

後ろ手で髪をアップにしてみてポーズを取る。

58

高原ホテル・庭園（2009年8月1日、夜）

少しドレスアップしたカンナと駈、入って来ると、華やかなパーティーが行われている。

音楽が演奏され、シャンパンを飲む者、踊る者たちがイルミネーションに彩られている。

カンナ、嬉しそうに見つめ、駈を見る。

微笑む駈。

会場を回る演奏者たちが二人の前に来て、演奏する。

照れて顔を見合わせるカンナと駈。
一輝と佳林が来て、ポラロイド写真を撮っている。
カンナ、幸せだ。

59　硯家の部屋（2024年12月28日、早朝）

窓の外は明るく、朝帰りしたカンナ。
パーティーで着ていたドレスを脱ぎ、よれよれの部屋着に着替えて、ふと思う。

カンナ　楽しかったな

思い出し笑いしていて、駈の部屋に気付く。
カンナ、気まずいものの、ふて腐れたような顔で部屋に入り、遺影を見る。

カンナ　だから言ってんじゃん、浮気じゃないって。あっちにいるのもあなただから

気まずい。

カンナ　だってどうしたらいいのかわかんないんだもん。結局未来は決まってて、変えるなんて無理なんじゃないの？

ごみ箱の中は失敗した付箋でいっぱいだ。
壁のフローチャートを見ると、終盤の付箋、『2024年7月10日16時55分　南府中駅に到着』が残っている。

カンナ　駅着いちゃったよ。もうここしかないよ

60　駅前（夕方）

俯き加減で急ぎ足で来るカンナ。
駈が死んだ駅がある。

61　駅・階段～ホーム

エスカレーターに乗り、ホームに出たカンナ。
駅のアナウンス、人々の話し声が聞こえる。
顔を上げられずにいると、誰かが肩にぶつかった。

カンナ　あ、ごめんなさい

前方が視界に入り、そこに線路がある。
警笛の音と共に電車が入って来た。

停車し、ドアが開いて、降りてくる乗客たち。
呆然と後ずさりするカンナ、背中がぶつかった。
また電車が出発し、残されたカンナ。
カンナ、振り返り、ぶつかったものに気付く。
非常停止ボタンだ。
カンナ、……。

62 ロープウェイ・乗り場（2009年8月1日）

ロープウェイを待っているカンナと駈。
カンナ ちょっと持っててもらっていいですか？
バッグを差し出す。

駈　はい（と、受け取る）

カンナ、しゃがんで靴の紐を結ぶ仕草をする。
ロープウェイの車両が近付いてくるのが見える。
駈、持っているバッグをふと見ると、フリスビーがはみ出している。

駈　なんですか、これ（と、微笑って）

カンナ、駈が見てない隙に線路に降りて、落ちたふりをして悲鳴をあげる。

駈　高畑さん

ロープウェイが迫ってきている。
駈、降りようとする。

カンナ　来たら駄目！
駈　え⁉
カンナ　降りたら駄目！　停止ボタンを押して！
駈　停止ボタン⁉

駈、振り返ると、柱に非常停止ボタン。
駈、迫ってくるロープウェイを気にしながら、走り、ボタンを押す。
警報ベルが鳴り、急停止するロープウェイ。
駈、線路に降りる。
倒れているカンナを抱き起こして。

駈　大丈夫ですか？
カンナ　はい……
駈　良かった……ほんと良かった……

息を切らし、心から安堵している駈。

カンナ　（罪悪感もあって）……

63　首都高（2024年12月28日、夜）

カンナ、ラングラーを走らせている。
期待をしている。
その時、ラジオから聞こえてくるニュースの声。

ラジオの声　今年も残り二日ですが、京総線南府中駅で起きたあの大惨事から半年が過ぎようとしています

カンナ　（え、と）

64　硯家の部屋

カンナ、テレビで今年の振り返り番組を見ている。
映像は駅のホームで誰かがスマホで撮影したものであり、激しく揺れている。
多くの通勤客がホームにおり、その顔にモザイクがかかっている。

ナレーション　死傷者六十二名に及ぶ京総線車両転覆事故から半年。事故原因の解明は現在も続いています

猛スピードでホームに入ってくる電車。

ナレーション　この時、運転手は居眠りしており、駅構内侵入の際の減速を怠っておりました

図解が示される。

電車が駅に侵入し、脱線地点が示されている。

ナレーション　そして線路に転落したベビーカーを発見した男性が非常停止ベルを押しました。運転手が目を覚まし、急ブレーキをかけましたが、その結果、電車はホームに倒れ込むように脱線しました

再びスマホの映像に戻る。

激しく揺れる画面の中、ホームへと倒れ込んでくる車両から逃げ惑う人々、その叫び声。

カンナ、思わずテレビのスイッチを消す。

65 ロープウェイ・乗り場（2009年8月1日）

到着したロープウェイに乗り込むカンナと駈。

駈　ロープウェイなんて乗るの久しぶりです

カンナ　そうですか

発車し、安堵するカンナ。

66 劇場・舞台上〜客席（2024年12月29日）

昼の公演前、舞台上で装置に塗装をしているカンナ。
塗料を置こうとすると、新聞があって、首都高内壁撤去作業の記事が出ている。
作業は残り一日で終わる見込みとの見出しがある。

カンナ、戸惑っていると、客席から杏里が来て。

杏里　硯さん、お客さんです

カンナ、客席に降りて行くと、スーツ姿の女性が中に入って来た。

四十二歳の天馬里津だ。

カンナ　（誰？　と思うが、すぐに思い当たり）あ……

里津　お悔やみ申し上げます（と、礼をする）

カンナ　（礼を返しつつ、なんの用だろう、と）

＊

舞台で準備が行われている中、客席の一角で話しているカンナと里津。

里津　駈さんが亡くなった日、わたし、十五年振りに彼に会った

んです

カンナ　そうなんですか

里津　彼は、幸せだったんですか？

カンナ　はい？

里津　街でばったり会って、少し話しただけなんですけど。その時、彼のシャツの襟が黄ばんでて。あれ、この人、今誰からも気にされてないのかなって思いました

カンナ　……

里津　悔しかったです。わたしを選べばよかったのにって思いました

その時、舞台で照明器具が倒れ、大きな音をたてた。
びくっとするカンナ。

照明スタッフ　失礼しました

照明スタッフたちが作業をはじめる。

カンナ　（微笑って）ごめんなさい、びっくりしましたね

里津　わたしは彼と結婚したかったし、父もそれを望んでました。そしたら彼も大学に残れて、いつかは教授になれたはずです

カンナ　あー（と、曖昧に微笑って）

里津　彼はよく気にしてました。恐竜の研究なんて子供っぽい夢だって笑われるし、大人として働かなきゃって

カンナ　（おぼえがあって）……

里津　でもわたし、言ってたんです。生涯を捧げたいと思うものがあるのは素晴らしいことだよ。人生は一回しかない。やり直せないんだから好きなことしなきゃって

カンナ　……

里津　なのに彼が選んだのは、向いてない仕事をして、襟の黄ばんだシャツを着て、あんな最期を迎えることだった。

選ばれなかった負け惜しみだって言われても思います。
かわいそうだなって

席を立つ里津、礼をし、出て行こうとする。
愕然としていたカンナ、顔を上げて。

カンナ 待って……やり直せます。やり直せるんです

67 硯家の部屋(夜)

帰宅したカンナ、廊下を進みながら。

カンナ わかったわかった、わかったよ

駈の部屋のドアを開け、遺影に向かって。

カンナ　あなたを助ける方法がわかった
　リビングに行って。
カンナ　簡単なことだった

カンナ、クロゼットの中を探しはじめる。
大きなクッキーの缶が出て来た。
開けると、カンナと駈の写真や映画の半券、飛行機のチケットなどが出て来る。
一番下から出てきた、色褪せたポラロイド写真。
ホテルのロビーのオブジェの前に立っているカンナと駈のツーショット写真だ。
声をかけられて、え？と振り向いた二人の顔。
２００９年８月１日の日付がある。

カンナ、これだ！　と手にし、駈の部屋に行き、壁のフローチャートに向かう。

『２００９年８月１日19時　スズリカケルとタカバタケカンナ、出会う』の付箋がある。

カンナ　二十九歳だったわたしとあなたはこの日出会った。わたしたちは結婚して、十五年後にあなたが死んだ……だったら答えは簡単。赤い糸を切ればいい

カンナ、『２００９年８月１日19時　スズリカケルとタカバタケカンナ、出会う』の付箋を剥がす。

新しい付箋を書き、貼る。

『２００９年８月１日　スズリカケル、教授の娘と恋に落ちる』を貼り、そこから『スズリカケル生存』に繋がる矢印を引いた。

カンナ　（頷き）わたしたちは出会わない。結婚しない

＊

カンナ、大きな鞄の中にフリスビー、古い携帯電話の充電器などを入れる。

テレビのニュースが、首都高三宅坂トンネルが明日には復旧する見込みであると伝えている。

カンナ　急がなきゃ

カンナ、車の鍵を手にしかけて、振り返る。

部屋の至るところにある駈の痕跡、ソファー、ダイニングテーブル、食器棚の中の対のマグカップ、冷蔵庫に貼ってある写真。

鍵を取る手が躊躇するが、やっぱり掴んだ。

68　首都高

ラングラーを走らせているカンナ。
ラジオから聞こえる結婚準備アプリのCM。
女性の声　一生ときめいていたいから、結婚した
男性の声　一生恋をしていたいから、結婚した
通行止めを突き進むラングラー。

69　高原ホテル・売店（2009年8月1日）

里津、店員に携帯を見せて聞いている。
里津　充電器置いてませんか？

店員　申し訳ありません、取り扱っておりません

里津、困ったなと思いながら行こうとすると、カンナが声をかける。

カンナ　（充電器を示し）良かったら

70　同・テラスレストラン

壁のコンセントから引っ張って携帯を充電しながら、テーブル席で話しているカンナと里津。

カンナ　え、りっちゃんって、好きな人はいるの？

里津　（怪訝に）りっちゃん？　まあ、片思いですけど

カンナ　教えましょうか。絶対に男の人を落とせる魔法の言葉。わ

たしと一緒にパン屋さんをはじめない？

里津　はじめたくないです

カンナ　あなたとかき氷屋さんの行列に並びたい

里津　並びたくありません。失礼します

充電を抜き、行く里津。

カンナ　ちょっと……

71　かき氷店の前の通り

かき氷店の行列に並んでいるカンナと駈。

カンナ　今後、国からの補助金は削減され、大学でステップアップしていくのはますます厳しくなっていきます

駈　そうなんですよね……

カンナ　であれば、教授との関係を深めるためにも娘の里津さんと交際するのが何よりかと思います

駈　え、どうして急にそんなこと言うんですか

カンナ　里津さん、あなたと話したがってましたよ

駈　女性と話すのは苦手で

カンナ　今女性と話してますよ

駈　それはさっきから不思議に思ってます。あなたとは自然に話せるんです

カンナ　それはわたしも（と言いかけてやめて）湖にボートありましたよ。里津さんと乗ってきたらどうですか

駈　いや、せっかくここまで並んだのに

カンナ　かき氷なんて並んでまで食べるほどのものですか？

周囲の客が、え？　とカンナを見る。

駈　並んでまで食べるものではありません

周囲の客が、え？　と駈を見る。

カンナ　たかが氷と砂糖でしょ
駈　たかが氷と砂糖に並ぶことこそ人間らしさです

頷く周囲の客たち。

カンナ　行列なんて、バカが並んでその後ろにまたバカが並んで、それがずっと続いてるだけですよ
駈　それはそうです、後ろに行けば行くほどバカ……

駈、振り返って、周囲の視線に気付く。
恐縮する二人。

カンナ　（小声で）このままだとあなたには悲惨な未来が待ってます
馸　見てきたかのように言いますね
カンナ　生涯を研究に捧げたいのなら……

後ろで聞き耳を立てていた日菜と愛莉が入って来る。

愛莉　あのさ、おばさん
カンナ　何さ小娘さん
日菜　わかんないかなあ?
愛莉　その人は教授の娘になんか興味ないんだよ
日菜　おばさんのことが好きなんだよ
カンナ・馸　……
カンナ　わたし、年下に興味ないし、付き合いで来てるだけです
馸　（本気でショックを受け）……
カンナ　（その顔を見て）いや……
馸　ごめんなさい

駈、頭を下げ、行ってしまう。
動揺しているカンナ。

日菜 追いかけなきゃ

カンナ え、あ、う、うん……

カンナ、走ってきたバイクを避け、駈を追いかける。
並んでいた人たちが日菜と愛莉に拍手する。
日菜と愛莉、どうもどうもと応え、列を詰める。

72 通り

急ぎ足で行く駈、追ってくるカンナ。

カンナ ごめんなさい

駈、いえ、と首を振り、行く。

カンナ　ごめんなさいって

駈　なんで謝るんですか

カンナ　わかんないよ。わかんないけど

駈　何で付いて来るんですか

走って行く駈。

カンナ　（ぼそっと）妻だからだよ……

カンナ、走って追おうとして、バタンと転ぶ。
走っていた駈、気付いて振り返る。
倒れているカンナ。
駈、放っておこうと思うものの、やはり引き返す。
駈、しゃがんで、カンナを起こして。

駈　大丈夫ですか?

カンナ　(頷き)……

駈　ごめんなさい。会ったばかりで変でしたよね

カンナ　違います。そうじゃなくて……

駈　どうしてか、気が合うなって。もっとあなたを知りたいなって。またお会いしたいなって思ってしまって……

カンナ　そうじゃなくて……

駈　自分でもどういうことなのか……

カンナ　違うよ。気が合うのはそうだよ。また会いたいって思うのはそうだよ。そんなのとっくに検証済みだよ。どういうことなのか、そんなの決まってるでしょ

駈　何でしょう?

カンナ　(答えかけて、葛藤して)一生わからなくていいと思う

カンナ、立ち去ろうとする。

駈、歩いていくカンナの後ろ姿に。

斯　あなたに恋をしはじめてるからでしょうか

立ち止まるカンナ。
斯、カンナのもとに歩み寄りながら。

斯　だからまた会いたい、だからあなたを知りたいと思うのでしょうか

斯、カンナの後ろに立つ。
カンナ、振り返る。

カンナ（内心強く引かれながら斯を見つめ）……
斯（カンナを見つめ）僕は……

カンナ、思いを必死に振り払って。

カンナ　（ぷっと噴き出す）
駈　（え、と）
カンナ　（笑って）いやいや、ないないない、ないわ
駈　……
カンナ　え、あなた、何、誰でも好きになるの？　そこらじゅう誰にでも言って回ってるの？
駈　なりません、言って回ってません
カンナ　いや、わかんないかな、こっちが一ミリも興味持ってないってこと、あなたを好きになる可能性ゼロだってこと
駈　……
カンナ　この世で一番嫌なことが何かわかる？　好きじゃない人から好きって言われることだよ
駈　……
カンナ　（内心つらいが、必死に耐えて）……
駈　（頭を下げて）申し訳ありませんでした

駈、歩き出す。
カンナ、その淋しげな後ろ姿を見送り、つらく、声をかけたくなるが。

カンナ（必死に耐えていて）……ごめん

73　博物館・展示ルーム（2024年12月30日）

歩いてくるカンナ。
駈が遺していた博物館の入場券を持っている。
吹き抜けの展示室で、巨大な恐竜の骨格模型が展示されている。
骨格模型の前の柵に手の跡がある。
カンナ、そこに手を重ね、骨格模型を見上げて駈のことを思う。

74

カンナのイメージ

誰もいない、薄明かりの中、ひとり恐竜の骨格模型を見上げている四十四歳の駈。
手には子供用の恐竜図鑑を持っている。
駈の表情にゆっくりと日射しが照りつけはじめる。
風の音、木々の音、地響きが聞こえてくる。
白亜紀の恐竜たちの声が聞こえる。
自由に闊歩する恐竜たちの雄叫び。
その光景に、目を輝かせ、笑みを浮かべている駈。

75

高原ホテル・客室（2009年8月1日、朝）

二間ある広い部屋で、学会の資料や備品の段ボールがそこらじゅうに積まれて雑然としている中、眠っている駈。
ドアベルが鳴っている。

駈　(ドアベルに目を覚まし) はい、今。今……

駈、ベッドから落ちる。

駈　今、今出ます、今……

段ボールにつまずきながら、ドアを開けると、バスローブ姿の市郎が立っていて、ジャムの瓶を差し出す。

市郎　このジャムさ、僕を馬鹿にしてるのかな
駈　はい、今、開けます

駈、まだ寝ぼけながら必死に蓋を開ける。

76 同・カンファレンスホール

明日の学会の準備をひとりでしている駈。
届いた荷物を受け取る。

従業員　えっと
駈　すずりと読みます
従業員　わたしの知り合いに墨さんっていいます
駈　えー、この墨ですか？　会ってみたいですね
従業員　こすられちゃいますよ？
駈　（笑って）

＊

少し休憩し、ポットから紙コップにコーヒーを注ぐ。

お湯が手にかかって。

駈　あつっ

砂糖を入れようとして、上手く切れなくて溢して。

駈　あ

飲んで、ひと息ついて。

駈　おいし

77　同・テラスレストラン～ガーデン

テーブル席に駈と市郎。

市郎　はい、乾杯
駈　はい、乾杯

駈、困惑しながら飲んで、むせる。

市郎　男だろ。はい、乾杯（と、注いで）
駈　はい、乾杯（と、飲んでむせる）

＊

駈、水を飲み、息をついていると、どこからか犬の鳴き声が聞こえる。
見ると、何頭もの大型犬におおいかぶさられて、もみくちゃになってるカンナの姿がある。
駈、何してるんだろう、と思いながら駆け寄る。

駈　あの……

カンナ　助けて
駈　あ、はい

78　かき氷店の前の通り

走って来るカンナと駈、かき氷店の長い行列がある。

＊

行列に並んでいるカンナと駈。
駈、ハルキゲニアの画像を見せながら。

駈　ハルキゲニアと言います。およそ五億年前のカンブリア紀に生息した葉足動物です。ご覧のように七対の脚、七対の背中の棘がありますが、驚くことにこのハルキゲニア、八十年代以前は……

カンナが興味深そうに聞いている。

駈　あ、すいません、こんな話……

カンナ　続けてください

駈　面白い話では……

カンナ　面白くない話をしてる硯さんは面白いです

駈　（笑ってしまって）ハルキゲニアって、八十年代まで上下逆だと思われたんです

カンナ　へ——

＊

あともう少しのところまで来ているカンナと駈。

駈　不思議ですね。お会いしたばっかりなのに、もう随分と一緒にいるような気がします

カンナ　気のせいですよ。初対面ですもん

店員が人数を数えながら来る。
カンナと駈、緊張していると。

店員　どうぞお入りください

カンナ・駈　はい！

79 かき氷店の店内

店員に案内されてくるカンナと駈。

駈　さっき高畑さんが走ろうって言わなかったら食べられなかったですよ

カンナ　勘はいいので

店員、座敷席を示す。

店員　ご注文お決まりになりましたらお呼びください

駈、先にどうぞ、と。
カンナ、靴を脱ぎ、先に座敷に上がる。
カンナの靴下の裏にくっついていた付箋が剥がれて、落ちた。
それを見た駈、拾う。
カンナ、駈が拾ったことに気付かず、座布団を敷く。
駈、拾った付箋を裏返すと、『2024年7月10日　スズリカケル死亡』とある。
駈、……。

カンナ　（その様子に気付かず）硯さん、（対面する席を示し）どっちがいいですか？
駈　あ、えっと、あ、どちらでも

カンナ　じゃ、こっちで、わたしはこっちで

座るカンナ。
駈、困惑しながらも付箋を手に握ったまま、座る。
カンナ、メニューを広げ、二人で見えるように置く。

カンナ　（写真を見て）うわー、すごいですね
駈　ほんとだ、すごいですね
カンナ　黒蜜抹茶宇治金時、イチゴミルク、アールグレイミルク、葡萄ヨーグルト、イチゴとメロンダブルシロップ、白桃スペシャル……どれにします？
駈　高畑さんは？
カンナ　二種類頼んで分けるのはどうですか？　それだと親しい関係過ぎですか？
駈　大丈夫です、過ぎません、そうしましょう
カンナ　そしたらわたしは、黒蜜抹茶宇治金時

駈　僕はイチゴミルク。（通る店員に）すみません、黒蜜抹茶宇治金時と、イチゴミルクをください

店員　かしこまりました

メニューを眺め、そわそわしているカンナ。

駈　（手に付箋を握ったまま、カンナを見ていて）……

カンナ　（ふいに顔をあげ）待った甲斐がありましたね

駈　はい……

カンナ　（色紙の数々を示し）これだけ有名人が来てるってことは絶対美味しいってことですよね

立ち上がって、上の方の色紙を見ようとするカンナ。
ポケットからスマホが落ちる。
カンナ、あ、と思うが、駈が先に拾った。

駈　（スマホを見て）……

カンナ　あ、すいません（と、受け取ろうとする）

駈　（渡さず）これはなんですか？

カンナ　携帯です（と、受け取ろうとする）

駈　ずいぶん……

カンナ　返してください

カンナ、取り上げ、ポケットにしまう。

カンナ　普通に、アメリカとかであるもので

駈　（内心、疑問が高まって）

カンナ　（駈の疑問を察し、誤魔化すように厨房の方を見て）どのくらいかかるんでしょうね。意外と時間……

駈、手のひらを開いて、『2024年7月10日　スズリカケル死亡』の付箋を見せ、テーブルに置く。

カンナ　（あ、と）……
駈　さっきあなたの靴下から剥がれて落ちました
カンナ　……
駈　珍しい名前なので僕のことだと思うんですけど、二〇二四年の七月十日に僕が死ぬって（と、なんか微笑う）
カンナ　いえ……
駈　どういう、あの、ことでしょうか？
カンナ　ちょっとお手洗い行ってきます

カンナ、席を立ち、靴を履こうとする。

駈　氷来ますよ
カンナ　すぐ戻ります
駈　溶けますよ
カンナ　溶けたら溶けたで……
駈　二〇二四年に僕、死ぬんですか？

カンナ　そうじゃなくて……

駈　なんですか？

カンナ　だから……

駈　はい（と、促す）

カンナ　……

カンナ、座って。

カンナ　硯さんは、いいことをすることと家族と、どっちが大事だと思いますか？

駈　はい？

カンナ　目の前で人が危ない目に遭っている。でも助けたら自分も危険。そういうことになった時、どうしますか？

駈　どうって……

カンナ　見て見ぬふりしますか？　助けますか？

駈　見て見ぬふりっていうのは（出来ません）

カンナ　あなたの身に何かあったら家族が悲しみます。それでも助けますか？

駈　……

カンナ　（待つ）

駈　助けると思います

カンナ　自分が死ぬかもしれなくても？

駈　そこは考えていられないので……

カンナ　駄目です

駈　どうしてですか？

カンナ　あなたが死ぬからです

駈　どうして、そんなことを聞くんですか？

カンナ　自分を犠牲になんて、馬鹿げたことです

駈　見て見ぬふりは出来ません

カンナ　残してる家族は見て見ぬふりするんですか？　そっちは大事じゃないんですか？

斯、付箋をもう一度見て。

斯　二〇二四年に僕は死ぬの？

カンナ　うん

斯　君は誰？　誰って言うか、どこから来た人？

カンナ　……

その時、店員がかき氷を二つ持ってきた。

店員　お待たせしました

カンナ、我に返ったように立ち上がって。

カンナ　ごめん、やり直す。大丈夫。まだもう一回くらいは間に合うかも

斯　何が

カンナ　これもなかったことになるんで

出ていくカンナ。

駈（また付箋を見る）……

80 かき氷店の前の通り（夕方）

店を出て、走っていくカンナ。

81 道路〜駅前

走って来るカンナ。

人のほとんどいない小さな駅舎があって、その前を通り過ぎようとする。

ふいに立ち止まるカンナ。

苦しくて胸を押さえる。

振り返ると、駅から出て来る、カートを引いて到着したばかりの二十九歳のカンナが見えた。

カンナ、必死にその場から離れようとする。

しかし膝をつき、路上に倒れてしまった。

二十九歳のカンナは気付いておらず、時計を見ており、他に通る人もいない。

倒れているカンナ、息が出来なくて苦しい。

ベンチに座り、携帯で話している二十九歳のカンナ。

倒れているカンナ、意識が薄れていき、呼吸が小さくなっていく。

その時、走って来る駈。

倒れているカンナに気付き、抱き起こす。

駈　高畑さん⁉

駈、カンナを抱き起こす。

駈　高畑さん⁉

カンナ、必死に遠くを指さして、連れ出してとジェスチャーする。
頷く駈、カンナを起こして背負う。
カンナをおんぶして走り出そうとした時、気付く。
駅舎のベンチに二十九歳のカンナがいる。

駈　（え、と）

背中のカンナが苦しそうにしており、駈、二十九歳のカンナを気にかけながらも走って行く。

82

道路

カンナをおんぶして走る斯。

83

高原ホテル・斯の客室

斯、ペットボトルの蓋をゆるめ、カンナに渡す。

少し落ち着いた様子でベッドに座っているカンナ、どうもと受け取り、ごくごくと水を飲む。

椅子に座った斯、不思議そうにそれを見ている。

カンナ　そんなじーっと見て
斯　すいません

カンナ　今、何時ですか？
駈　十七時、二十六分です
カンナ　あと一時間ちょっとか
駈　はい？
カンナ　さっき、見ました？　あの人、駅で
駈　はい
カンナ　どうでした？
駈　似てました
カンナ　似てますよね。本人ですから
駈　妹さんとかじゃ……
カンナ　わたしです。十五年前のわたしです
駈　……えーと、では、あなたは？
カンナ　十五年後から来ました
駈　なるほど、十五年後。十五年後か。十五年後ですか
カンナ　東京で、首都高で事故があって、走ってたらここに着いたんです。ありえないと思うでしょうけど……

駈　ありえなくはありません。過去現在未来は同時に存在していて、あ、確かに東京の中心部を巡る首都高はその構造的にも……

カンナ　その話は前にもしました

駈　前。あ、何度か

カンナ　来てるんで

駈　なるほど

カンナ　受け入れていただけましたか？

駈　あなたは受け入れてるんですか

カンナ　わたしは実際来れてるんで

駈　あ、そうか

カンナ　そういうこと前提で、もうひとつおかしなことを言いますけど、いいですか？

駈　はい、あ、当てていいですか？

カンナ　当たりませんよ

駈　あなたは僕が結婚した人ですか？　妻ですか？

カンナ　そう。はい、ここ、夫婦です
駈　はー……あ、どうも、はじめまして
カンナ　(思わず苦笑)
駈　はじめましてっていうのは違うか、すいません
カンナ　こちらこそ、なんか黙ってこそこそと……え、なんでわかったの?
駈　なんでっていうか、別に理由は……
カンナ　この人だったら結婚したいなって思ったから?
駈　思ってません
カンナ　へー
駈　なんですか。え、僕の妻って、こんな感じ悪い人なんですか?
カンナ　感じ悪さはお互い様です
駈　僕は結婚相手に感じ悪くなんてしません

ふいに立ち上がるカンナ、洗面所の前に行き。

カンナ　あーあ、また電気点けっぱなしだ

と消して。

カンナ　これがあなたのしてたことです
駈　僕はそんな言い方しません
カンナ　いやいやいやいやいや
駈　もし、仮にもしそうだとして、それはそちらが先にそういう態度を取ったからじゃないですか
カンナ　それ、そういうところ
駈　いや……
カンナ　その、すぐ、いやっていうところ
駈　（う、と）
カンナ　あと、ドア閉める音とかで機嫌の悪さを伝えてくるとこ
駈　どなたの話でしょう

カンナ　あなたの話ですよ

駈　仮に、だとしても、ずるくないですか？　僕がまだしても
いないことで責められるのは

カンナ　それはそうか

駈　してもいないことに責任は持てません

カンナ　でも、あなたのことだし

駈　僕だけがひどい夫だったみたいに。君は？　君はそんな正
しい妻だったの？

カンナ　それは、まあ、そりゃお互いにね……

駈　あったわけですよね？

カンナ　少しはね。そりゃ離婚するにはそれなりの……

駈　離婚するの？

カンナ　あ……あ、うん

駈　（思わず頭を抱えて）そんな……

カンナ　そんなって言われてもねー

駈　現状結婚してないのに、その上離婚してるなんて

カンナ　しょうがないわ、最悪な夫婦関係だったんだから

駈　好きになって結婚したんですよね？　それとも無理無理結婚だった？

カンナ　無理無理結婚じゃないよ。ちゃんと恋に落ちて結婚した。はじめのうちは楽しかったもん

駈　じゃあ、なんで

カンナ　なんでじゃないの。だからなの。いい？　好きなところを発見し合うのが恋愛でしょ。それはわかるよね。嫌いなところを見つけ合うのが結婚

駈　（頭を抱えて）えー

カンナ　ひたすら欠点を指摘し続けるの

駈　自動車教習所ですか？

カンナ　結婚ってお互いが教官の教習所です。欠点をね、針で刺すように責め合うの

駈　最悪だ

カンナ　いいえ、そこはまだ最悪じゃありません

駈　はい？

カンナ　最悪なのはその先。無

駈　無？

カンナ　（置いてあったボールペンを二本置き）ボールペンが二本ありますｰ。お互いに期待しない。感情も動かない。無の状態。これが夫婦の行き着くところです

駈　（二本のボールペンを見て、呆然と）……

カンナ　あなたは部屋を別にして、自分のベッドを買った。わたしと目を合わさなくなって、話すこともなくなった

駈　ごめんなさい

カンナ　あなたが謝らなくていいの

駈　最低だ

カンナ　未来の自分を反省しなくていいの

駈　ごめんなさい

カンナ　いいんだって。そもそもわたしが……

駈　離婚したくない

カンナ　……
駈　離婚したくないよ
カンナ　（どきっとするが）今わたしに言われても
駈　今からやり直せないのかな
カンナ　それはやってみたんだけど、何しても駄目だったの
駈　諦めるのが早いよ

カンナ、ポケットから佳林に撮られたポラロイド写真を大量に取り出し、ベッドの上にばらまく。

同じシチュエーションで、それぞれに服装や表情の異なるカンナと駈のポラロイド写真。

二人、ベッドの上に向き合って座って写真を見る。

駈　これだけ来たってこと？　こんなに？　なんで？
カンナ　なんでって……
駈　あ、そうか……

駈、『スズリカケル死亡』の付箋を取りだして。

駈　僕、死ぬからか

カンナ　……うん

駈　どういう感じで死ぬの？

カンナ　駅のホームで赤ちゃんの乗ったベビーカーが落ちたの。ホームには人がたくさんいたけど、あなただけが助けに行ったの。わたしはその事実を改変しようと思って、何度もやり直して……

駈　その赤ちゃんは助かったの？

カンナ　助かった

駈　それは良かった

力が抜けて横たわる駈。

カンナ　（そんな駈に）……

駈　（少し強がりながら）悪くないね、なかなかかっこいい死に方だ

カンナも横たわって。

カンナ　日本中から褒められてたよ

駈　へー

カンナ　感動したって手紙とか来たし、あとドラマ化するなんて話もきた

駈　え、すごいね

カンナ　断ったよ

駈　なんで断るの

二人、また起き上がる。

カンナ　わたしは怒ってるからだよ。わたしを置いて死んだからだよ
駈　あー
カンナ　あーじゃないよ。わたしが死亡届出したんだよ。区役所、駅から遠くて、超面倒くさかったんだよ
駈　それはお疲れ様
カンナ　他人事みたいに
駈　何歳なんだっけ
カンナ　四十四歳
駈　あと、十五年か……それは確かにちょっと短いね
　ははは、と苦笑する駈。
カンナ　だから、それを変えようと思ってるの。今回もそのために来てる
駈　（写真を示し）何回やっても同じだったでしょ
カンナ　何回やっても同じだった

駈　君がここにいるってことはつまり、未来からも時間は流れてるんだよ。未来が決定されてるなら、違う道を選んだとしても、同じところに到着すると思うよ

カンナ　（首を振り）わたしと結婚しない道を選ぶの。このあと、このホテルに来るわたしに会うのはやめて。わたしと結婚しない人生、まったく別の人生を生きるの

駈　あー

カンナ　そうしたらさすがに未来が変わって……

駈　（苦笑し）もし変えられるとしても、それは嫌だよ

カンナ　え、なんで

駈　それはだって、君に会えないってことでしょ

カンナ　君？

駈　君だよ。僕が今、（外を示し）あの彼女と出会えば、十五年後、（カンナを示し）この君と会えるわけでしょ

カンナ　それは……

駈　じゃあ僕はまた君に会いたいよ。君に出会える未来を選び

たいよ

カンナ　……

駈　いつか君に出会えるんなら、今日彼女と出会うことは間違ってないし、結婚も間違ってない。たぶん、死ぬことも間違ってない

カンナ　（首を振る）

駈　もちろんこれから十五年あるわけだし、なんとかしてみるよ、精一杯。でもさ、生きるとか死ぬとかより、大事なことってあるでしょ

カンナ　ないよ

駈　僕にやり直すことがあるとしたら、それは君と結婚していた十五年間だよ。死んでもいいから、結婚生活をやり直したい

カンナ、思わず手のひらで顔を覆う。

駈　参ったな

駈、カンナの傍らに座って肩に触れ、慰めるようにぽんぽんと叩いて。

駈　（ふと気付いて）見て（と、足元を示す）

カンナ、見ると、カンナと駈は同じ色柄の靴下を履いている。微笑う二人。

駈　時間ないし、ちょっと急だけど、お願いがあります。高畑カンナさん。僕を見て

カンナ、顔を上げ、駈を見る。

駈　二度目で恐縮ですが、僕と結婚してください

カンナ　……

84　同・庭園（夜）

歩いてくるカンナと駈。
向こうの方で明かりが見えて、周年パーティーが行われており、音楽が遠く聞こえる。

駈　十五年後は世の中どうなってるの？
カンナ　人がね、何見ても聞いても、やばいしか言わなくなってる
駈　え、やばいね
カンナ　そう、やばいの

チャペルが見えてきて、手を取り合って向かう。

駈　やばいやばい
カンナ　やばいやばい

85　同・チャペル

ゆっくりとドアを開け、入って来るカンナと駈。
ライトアップされ、美しい。
駈、先にバージンロードを行って、正面に立ち、カンナを招く。
カンナ、待っている駈に歩み寄っていく。
向き合う二人。
駈、カンナの肩に手をやって、キスしようとする。
カンナ、避ける。
駈、またしようとする。
カンナ、また避ける。

カンナ　え、無理
駈　無理って？　僕たち、結婚してるんでしょ？
カンナ　そういうことはもう何年もしてないの
駈　僕ははじめてだから
カンナ　無理だって……

カンナ、避けようとすると、駈、抱き寄せる。

駈　幸せになろう

駈、カンナにキスをする。
もう一度、カンナからも駈にキスをする。

＊

回想フラッシュバック。
二人の部屋で、夜、ソファーで映画を見ていて、キスし合うカンナと斟。

＊

チャペルでキスするカンナと斟。

86　白樺の道

ラングラーが駐まっており、カンナを送りにきた斟。

カンナ　次会うのは十五年後か
斟　うん
カンナ　わたしが帰ったら、若いわたしに会いに行くんでしょ
斟　十五年前の君に会いにいく
カンナ　なんか浮気されるみたいで悔しい
斟　自分だって十五年前の僕に浮気してた
カンナ　（苦笑）

駈、ラングラーのドアを開け、手を差しのべる。
駈の手を借りて、乗り込むカンナ。
駈、ドアを閉める。
カンナ、エンジンをかけて、窓を開けて。

カンナ　死なないで

カンナ、手を差し出し、駈、握る。

駈　（頷き）前向きに努力してみます

カンナ　待ってる

カンナ、アクセルを踏む。
タイヤが回転し、段差を乗り越えた。
カンナ、最後にこっちを見る。

駈、手を振る。

カンナ、ラングラーを走らせる。

駈、ラングラーが走り去るのを見送った。

歩き出す駈、ポケットからポラロイド写真を出す。

白樺の道での、山頂での、パーティーでの、様々なカンナと駈の写真をめくりながら歩いていく。

汗だくで取り乱しているカンナの写真を見て。

駈「（ぷっと微笑って）」

87　高原ホテル・ロビー

脚立の最上部に立って、オブジェに鐘の部分を設置する作業をしている二十九歳のカンナ。

咲楽と慶吾が作業を見上げていて。

咲楽　たかはた先生
カンナ　たかばたけです
咲楽　よろしくお願いします

咲楽と慶吾が去り、作業を続けるカンナ。
手が滑ってボルトを落としてしまった。
それを拾う駈。

カンナ　あ、すいません

駈、手を伸ばし、カンナにボルトを差し出す。
手を伸ばし、受け取るカンナ。

カンナ　どうも

駈、完成間近のオブジェを見上げる。

駈　素敵ですね

カンナ、嬉しく降りてくる。

カンナ　ありがとうございます

その時、声をかけられる。

佳林の声　こっち向いて

振り返ると、一輝と佳林がいて、ポラロイドカメラを向けて、シャッターを切った。

佳林、カンナに写真を渡して。

佳林　似合ってるよ

カンナ・駈　え
佳林　（写真を示し）二分でわかるから、振って

行く一輝と佳林。

カンナと駈、呆気に取られながらも顔を見合わせ、まだ写っていない写真をひらひら振りはじめる。

胸元に高畑カンナのＩＤカードを下げているカンナ。

駈　たかばたけカンナさん
カンナ　はい……え？　どこかでお会いしました？
駈　いえ、はじめましてです

88　東京の街角（2009年8月）

若者たちが行き交う待ち合わせ場所で、会うカンナと駈、

対面して。

カンナ　お久しぶりです
駈　お久しぶりです

連れだって歩き出す二人。

89　十五年前のカンナのワンルーム（２００９年９月）

ソファーに座ったカンナと駈。

駈　君のことが好き。一生一緒にいたい
カンナ　（頷き）結婚しよ

駈、思わずガッツポーズをして。

駈　やったー！

カンナ　（歓喜する駈を見て、微笑って）

90　硯家の部屋（2024年7月10日）

寝室の同じベッドに寝ている四十四歳のカンナと駈。
先に目を覚ましている駈、カンナの寝顔を見つめていると、目を覚ました。

駈　おはよう

カンナ　ねむいー

駈　ねむいねー

カンナ　もー暑いからくっつかないで

＊

朝ご飯を食べているカンナと駈。
カンナはトーストを、駈はご飯を食べている。
駈、バターを取ってあげる。
カンナ、ティッシュを取ってあげる。

駈　今日さ、トースター届くから

カンナ　買ったの？

駈　遠赤外線でさ、美味しく焼けるらしいよ

カンナ　そんなんで変わるかな。無駄遣いじゃないかな

駈　まあね。でもそういうことには使おうよ

テーブルの花瓶に花がある。

カンナ　（パンで示し）幾らだった？

駈　六百円

カンナ　高いってー

駈　（笑ってる）

＊

洗面所の鏡に向かってネクタイを締めている駈。
並んだ二本の歯ブラシを綺麗に並べ直す。
部屋に戻って、テーブルにやりかけで昨夜から置いてある立体四目並べに玉を差す。
駈の鞄を持って来たカンナ、それを見て。

カンナ　え、そこ置く？　え、どうしよう
駈　じゃ、いってきます
カンナ　帰って来たら続きね

二人、玄関に行く。

カンナ　クリーニングいつだっけ？
駈　夕方かな、六時

カンナ　取りに行っとくよ
駈　ありがとう

玄関で靴を履く駈。

駈　（振り返って、カンナを見て）
カンナ　（顔を気にし）え、顔、変？　白髪ある？
駈　いつもと同じ
カンナ　何だよそれ。いってらっしゃい
駈　いってきます

靴をとんとんと履きながら出ていく駈。

カンナ　転ばないでよ
駈　はいはい

後ろ手に手を振って行く駈。
笑顔で手を振るカンナ。

＊

模型を作る途中で寝てしまっていたカンナ。

カンナ「……あー、ご飯食べたら寝ちゃった」

立体四目並べを見て、さてどこに差すかと思っていると、
家の電話が鳴りはじめる。

91　硯家の部屋（日替わり）

ダイニングテーブルで紙に書き込んでいるカンナ。
死亡届である。
駈の名前を書いていていて、震える文字。

92 区役所（日替わり）

戸籍係の窓口に来たカンナ。
前にいる若いカップルが婚姻届を提出していた。

窓口の女性　受領致しました。おめでとうございます

嬉しそうに話しながら行くカップル。
カンナ、……。

窓口の女性　どうぞ

カンナ、死亡届を提出し。

カンナ　お願いします

93

児童公園前の道路

帰るカンナ。
すれ違う何組かの夫婦、腕を組んでいる老夫婦。
公園内で遊具で遊んでいる子供たちが見える。
ベビーカーに乗った幼い子と母親の姿がある。
母親に話しかけられて笑っている子供。
なんとなく眺めながら通り過ぎていくカンナ。

94

硯家の部屋（夕方）

新しいトースターでパンを焼いたカンナ。
慣れない手つきで取りだし、ソファーに座って、食べてみる。

カンナ　（首を傾げ）あんま変わんないよ

気付くと、ソファーに片方半分空けて座っていた。
真ん中に座ってみるが、居心地悪く、端に戻る。

カンナ　あっつい……（大きい声で）あっつい

カンナ、エアコンのリモコンを探すが、ない。

カンナ　もう

カンナ、思い付き、駈の部屋に入る。
エアコンのリモコンがあって、手にし、出ていこうとして、気付く。
カレンダーが六月のままだ。

めくろうとしたら、封筒が床に落ちた。
何だろう？　と手にし、中から便箋を取り出す。
開き、読む。
『カンナへ』とある。
カンナ、思わず便箋を閉じる。
動揺しながら、その場に腰を下ろし、もう一度開き、読みはじめる。

駈の声　カンナへ。まず結論から先に言います。幸せな十五年間でした

95　回想

深夜、駈の最後の夜、硯家の部屋。
テーブルで手紙を書いている駈。

毛布をかけられて、ソファーで寝ているカンナ。
手紙を書きながら、時折その寝顔を見る駈。

駈の声
今、カンナはリビングのソファーで寝ています。十時になったらお風呂に入るから起こしてと言ってたけど、起きません。さっき、寝言で、眠いって言いました。夢の中でも眠い君は今日も面白いです

96 硯家の部屋（夕方）

手紙を読んでいるカンナ。

駈の声
さて、この手紙ですが、書くのは何度目かになります。手紙を残すことは数年前から決めていたけど、なかなか上手く書けず、期日はもう明日に迫っています。十五年前、

僕らの身に起こった不思議な出来事をどう説明すべきか。その時君がしてくれたこと、二人で交わした約束をどう伝えようか。どれもしっくりこなくて、結局全部捨てました

97 回想

眠るカンナの横で手紙を書いている駈。

駈の声「結局ね、僕が君に残したいことは、十五年前のことではなく、今僕がどれだけ君を好きでいるか、それだけだからです。もし今君が笑っているなら、こんな手紙を読む必要はありません。もし泣いているのなら……

98 硯家の部屋（夕方）

手紙を読んでいるカンナ。

駈の声　これは君を笑顔にするためのラブレターです

99　回想

カンナと駈の結婚式。
ウエディングドレス姿のカンナとタキシード姿の駈。
写真を撮っている。
なかなか笑顔のタイミングが合わなくて、顔を見合わせ、
苦笑する二人。

駈の声　十五年前、僕たちは結婚して夫婦になりました。夫婦って
　なんだろう。婚姻届に名前を書けば夫婦なのかな。財布を

一緒にしたら夫婦なのかな。出会うまでは他人だった二人が一緒に暮らすというこの大難題

＊

硯家の部屋。
新居の引っ越し作業をしているカンナと駈。

駈の声
家族になって、お互いを一番大事に思って、だんだんだんだんそこにいるのが当たり前になる。奇跡です

＊

夜、段ボールの上で晩ご飯を食べているカンナと駈。

駈の声
隣ですやすや眠っている人がいること。同じものを一緒に食べる人がいること。それは例えばタイムトラベルが出来ることなんかより、ずっとすごい奇跡的日常なのだと思います

＊

二人の結婚生活。
駈、こたつで寝ているカンナの寝顔を見て、カンナが食べてる髪の毛を直してあげる。

駈の声　こたつで寝るのが何より好きな君。毎年六月までこたつをしまいたがらない君。君の顔に残った絨毯の跡

*

朝ご飯を食べているカンナと駈。

駈の声　お皿を出すのを面倒くさがって、毎回マグカップにトーストを載せて食べる君。コーヒーに浮かんでるパン屑

*

台所でご飯を作りながら、同時に食べているカンナと駈。

駈の声　ご飯を作りながら出来上がる頃にはお腹いっぱいになってる君。鍋やフライパンから直接食べるのが一番美味しいん

だよ、なんて言って笑ってる

＊

探しものをしている駈。
ソファーに座っているカンナのお尻の下から潰れたあんパンが出て来た。

駈の声 行方不明になった僕のあんパンをお尻で潰していた君。
味は一緒だよと開き直られたけど、あれはね、気分の問題ですよ。ま、美味しかったけど

＊

寝込んでいる駈の看病をしているカンナ。
寝込んでいるカンナの看病をしている駈。

駈の声 どうしてか不思議と同時には風邪を引かない僕ら。僕が治ると君が引く。君が治ると僕が引く。二人で食べたみかんの缶詰、美味しかったね

＊

眠るカンナの横で手紙を書いている駈。

駈の声　明日のヨーグルト買ってきてって君からのメール。テレビまた壊れたって君からのメール

100　硯家の部屋（夕方）

手紙を読んでいるカンナ。

駈の声　賞味期限三日過ぎてるけど、まだ食べれるかな？　って君からのメール。出来れば今後は期限内に食べましょう

101　回想

夕方、駅前で仕事帰りにばったり会うカンナと駈。

駈の声　仕事帰りの駅でばったり会って君が言う、よお

＊

駅からの帰り道を一緒に歩くカンナと駈。
靴下を見せているカンナ。

駈の声　また僕の靴下を履いてる君。コンビニで買って帰るアイス二個。帰る前に食べちゃったね。楽しかったな

＊

帰り道の公園でブランコに乗っているカンナと駈。

駈の声　そんなね、記憶のひとつひとつが、僕の人生の宝物です。君がそこにいるだけで、僕は大きな大きな愛を受け取っていました

＊

眠るカンナの横で手紙を書いている駈。

駈の声　カンナ。僕はもう君の前にいることが出来ません

102　硯家の部屋（夕方）

手紙を読んでいるカンナ。

駈の声　部屋が少し広く感じるかもしれない。帰って来ると、しばらくひんやりするかもしれない。淋しいかもしれない。僕もとても淋しいです

103　回想

眠るカンナの横で手紙を書いている駈。

駈の声　だけどね、淋しいって思いは、淋しさだけで出来てるん
じゃないと思う。淋しさはまずはじめに、好きだっていう
思いからはじまっていて

＊

高原ホテルのロビー。
出会ったカンナと駈。

駈の声　あの日出会って、好きになったこと、なれたこと、それが
淋しさの正体です。それだけ好きになったんです

104　硯家の部屋（夕方）

手紙を読んでいるカンナ。

駈の声　僕がこれから受け入れる未来は、君と出会うための未来だった。人生には長いも短いもない。後悔はありません。結果を変えることは出来なかったけど。僕は人生を変えることが出来た

105
回想

夜、花屋で六百円の小さな花を買っている駈。

駈の声　君と出会える人生で良かった。君を好きになる人生で本当に良かった

＊

翌朝、テーブルに花があって、朝食を食べているカンナと駈。

駈はこっそりとカンナの顔を、仕草を盗み見て、静かに微

笑んでいる。

駈の声　いつも君を思っています

106

硯家の部屋（夕方）

手紙を読んでいるカンナ。

駈の声　おはよう。おやすみ。おかえり。ただいま。ありがとう。
どうか幸せに。駈

107

回想

靴を履き、出かける駈、見送るカンナに手を振る。

晴れ晴れしい笑顔でカンナを見る。

駈　いってきます

108　硯家の部屋（夕方）

手紙を読み終えたカンナ。
手紙を胸に抱きしめ、顔を伏せる。
背中が震えて、涙が床に落ちる。
その時、インターフォンが鳴りはじめる。
動かないカンナ。
鳴り続けるインターフォン。

109　部屋の外の廊下

宅配便の配達員がインターフォンを鳴らしている。
返答がないので立ち去ろうとした時、ドアが開く音がした。
振り返ると、カンナが出て来ている。

カンナ　はいはい
配達員　あ、すいません、宅配です
カンナ　あーどうもどうも
配達員　あ、こちらクール便で……（と、カンナを見ると）

カンナは普通に振る舞っているが、どう見たって泣いていたようだ。

配達員　（え、と）

カンナ、鼻をすすりながら、誤魔化すように何度も無造作に袖口で涙を拭きながら。

カンナ　えーっと、なんだっけ、わたし、なんか買ったっけ
配達員　大丈夫ですか？
カンナ　うん？　何が？（荷物を見て）あ、餃子。餃子だ。これ、
　　　　三年待ちのですよ
配達員　へー……
カンナ　こんなの頼んだかな。やった

110　硯家の部屋

受け取って、部屋に戻るカンナ。

カンナ　やった、やったやった……

　ふと思い当たって、駈の部屋に入って。

カンナ　え、もしかして、駈が注文してくれたの？

遺影があって、駈の写真。
以前とは違って満面の笑みの幸せそうな駈である。
カンナ、餃子の箱を駈に見せて。

カンナ　いただきます

と言って行きかけて、振り返り、また無造作に涙を拭いて。

カンナ　（泣き笑いで）ありがとう。へへっ

終わり

坂元さんのこと

松たか子

今まで出会ったいくつかの役の分だけ、いろいろな人生を生きさせてもらっている。が、実際に生活していてつくづく思うのは、街中で出会う、見かける、偶然隣り合った人たちの様子や、聞こえてくる会話がとっても面白くて、敵わないなぁ、ということである。

でも、演じることを仕事にしている以上、(あの子と話しているほうが面白い)と思われるより、ほんの短い時間でも、お話の世界に夢中になってもらえたらいいな、なんてことを思いながら、必死にやっては反省、を繰り返している。

明らかに常識を超えた設定の役柄もあれば、雑踏の中に紛れるような役柄もある。坂元さんのお話の登場人物は、そのぎりぎりをいくような、普通でいて普通ではない、何かしらの欠陥を抱えている人たち。つまり、とても人間的な人たちが多い気がする。

こんなことあり得ない、いや、あり得る……、そんなイメージがくるくると伝わってきて、お話の中に生きるリアルな人物が、「生きろ、ただ居ろ」と私をつつくのである。

坂元さんと初めてお仕事をしたのは、音楽の現場だった。デビューシングルの作詞をしたのが彼だった。余談だが、実は当初、違う曲がシングル候補で、私はその曲がとても好きだったので、楽しみに練習していたのだが、レコーディング直前に変更になって、(うわぁ〜そうなの〜?)と戸惑っていた。しかし、今思えばその曲も坂元さんの詞だったので、いずれにしても、私のデビュー曲に関わってくれた大切な人たちの一人、ということになる。

アルバム制作に向けて、何曲かロサンゼルスでレコーディングするということで、私たちは成田に集合した。ところが、坂元さんのパスポートに不具合があり、彼はなんと、空港でお見送り、という事態が生じた。当時二十歳そこそこだった私は、(大人でもこういう人がいるんだぁ)と思いながら、だんだん小さくなる坂元さんに見送られ、坂元さんを見送った。

それから何年もの時間を経て、やっと出会えた坂元脚本が、『カルテット』という連続ドラマである。撮影途中で、それまで演じていた役名が変わる、違う人になりすましていた、ということを知り、そのときは、正直芝居どころではなかった。

常識的にあり得ない、いちばんいちゃいけないタイプの弁護士の役もあった。

そしてまた、あり得ない、ファンタジー的状況が起きている会社社長もいた。

でも、不思議とどの役も、演じていて、違和感や、自分が無理をしている感覚はなかった。

(この人がこう言うなら。そうするならきっとそうなんだろう。しょうがないか！　よし、持ってけ！)

と、自分のちっぽけな身体を貸す感じ？

そして何よりも、自分の役がどんなにめちゃくちゃでも、(大丈夫だよ）と支えてくれる、支え合える人たちが、いつもお話の中に、そして現場にいた。私が出会ったのは、自分の役だけじゃなくて、その人たちともそうだったんだな。

役に出会う、ってこういう感覚なのかもしれない。

『ファーストキス　1ST KISS』では、自分以外の登場人物でも、今までの出演作品でこういうセリフを言う人がいたなぁ、という記憶が蘇ることがあった。最初私は、それがいいことなのかどうなのか分からなくて、（どうすればいいんだろう）なんてことを考えたりした。でも、撮影をしていくと、その考えはあまり必要ではないことに気づいた。

生きていて、誰かに言われた言葉が、（昔、同じことを親に言われたな）とか、（あいつもこんなこと言ってたな）と思うことはないだろうか。そのくらいのことでいいのではないだろうか。そんな考えが浮かんだ途端、とても愉快になって、どんなコトバも新鮮に言える、聞ける、という思考回路が動き出した。

そんな撮影も最終日。苦楽を共にした松村くんもおらず、一人ぼっちである。深夜から早朝にかけて集まってくださった、大勢のエキストラの皆さんに、心の中で（なんかすいませんねぇ）なんて思いながら、撮影は粛々と進んだ。

その現場に、坂元さんはひょこっと現れた。実を言えば、私が現場へ行ったときに、すでにいた。が、まずは撮影である。駆け寄るのもなんか柄じゃないし、程よい待ち時間のタイミングで、挨拶を交わした。そんな私に彼がかけた一言は、

「簡単だったでしょ」

……おいおい、頼むよ。何言ってくれてるんだよ。

タメ口じゃ言えない言葉を、胸の奥でつぶやいたのは言うまでもない。ないんだが……。

私は、どこかが突き抜けて単純な人間なのか、次の瞬間、（あ、そうだったのかな）と思ってしまった。自分自身には常に疑問なくせに、ころっと騙されやすい性格のようだ。坂元さんに騙されているというわけではないけど。

坂元さんが言った「簡単」は、とってもシンプルで、言われた瞬間、約一ヶ月半の撮影期間が、高速で巻き戻されたような衝撃が走ったのだが、私自身が、今まで彼の描き出すお話に出演してきた道をまっすぐに進んできたのであれば、もしかしたら「簡単」に行き着くのかもしれない。つまり、「自分」に向き合えば、それは難しいことではなく、生きられたでしょってことなのかなぁ。

都合が良すぎるだろうか。思い込みが激しすぎる？　信じすぎ!?

でも、その思い込みで、もしかしたらそれだけで、心から信じられる坂元脚本に出会ってきたのかもしれない。

あとがき

坂元裕二

イヌと暮らしてるキツネは吠えるようになるらしいし、ヤギと暮らしてるイヌはジャンプするようになるらしいので、人と人が一緒に暮らしていればさぞかし似てくるものだと思いきや、世の中には仲の悪い夫婦も多い。

結婚してる人に「結婚、どうすか」とか「夫婦、どんな感じすか」と聞くと、妻への夫への不平不満が返ってくる。その方が面白く聞いていられるという点は差し引いても、ネガティブな答えが勝る。たぶん古代ローマの人に聞いても同じようなこと言いそうで、大体ありきたり。ありきたりじゃないことを書きたいわたしの仕事的には夫婦の話ってまあまあ苦労する。それが理由かどうかわからないが、わたしこれまで離婚した人の話をめちゃめちゃ書いてきた。最早離婚専門脚本家を名乗ってもいいくらいだ。

わたしが松さんに書いた役は今回含め全員合わせて5回離婚している。ひとりで3回お離婚されてる役がひとりいるとは言え、4役で5回はなかなかのお離婚率では。ひとりだけしてない役もあるけど、それも別れた恋人同士の話だったので、これはもう、松さんへの嫌がらせかというぐらい別れている。わたしは松さんのことを離婚専門俳優だと考えているのか。そんなはずはない。多くの人と同じようにわたしも松さんの大ファンだ。

松さんとは数えられるほどしかお会いしたことないけど、カラオケに行ったことが二度ある。一度目は二十歳の誕生日のお祝い会に参加した時で、二度目は連続ドラマの打ち上げの二次会。デュエットもした。松たか子とデュエット。書いていて、目眩がする。

二次会が盛り上がる中、誰かが『明日、春が来たら』という曲を入力し、松さんがマイクを受け取って、立ち上がった。松さんの歌が聴ける。ここは天国か。わたしはそう思う。しかしそこであってはならない事態が起きた。ご存知のようにカラオケの画面には冒頭の曲名表示と共に、著作権保持者としてであろう作詞家作曲家の名前が表記される。天井にぶら下がったモニターに古めかしく安っぽい白抜きのフォントで見慣れた四文字が浮かび上がった。作詞坂元裕二。何故か歓声が上がり、わたしのもとにもマイクが回ってきた。天国だと思う人の心にこそ地獄の穴は開く。松さんと歌うってこと？　いやいやいや無理でしょ⁉　雪の女王相手にアナの役割を担うようなものだ。無理無理。著作権はいらない。二十年前の報酬も返す。心で叫ぶものの、日頃人の顔色は二色程度でしか見分けられないわたしでも、盛り上がっている二次会で渡されたマイクを無視することはできない。あー最悪だ、人生最悪の日だ。わたしはそう思いながらマイクを握りしめ、立ち上がった。そこから先のことはなんにもおぼえてないけど、生涯忘れないと思う。誰かがその時の写真を撮っていて、後日見せてもらったら、わたし、めちゃめちゃ楽しそうな顔をしていた。嬉しかったんだろう。人生最良の日だったんだろう。

みんな松さんのことが大好きだ。現場で松さんと一緒に過ごした人はみんな松さんの大ファンになる。

そんな人にどうして離婚する役ばっかり書くんだろうと珍しく自作に

ついて考えてみた。わたしが今まで書いてきた松さんの役は離婚する役じゃなくて、離婚した役だったのかな。離婚するお話じゃなく、離婚した後のお話を書いてきた。離婚した後、別れた後、夢が破れた後、死んだ後。全部、その後の話だったのかもな。何かが起きている最中を描く方がお話としては面白いけど、現実ではほとんどの人にとって何かが起きた後の方がずっと長い。残念だとか悲しいとか淋しいとか思いながら日常を生きてる。ところが、松さんがそんながっかり日常を生きる役を演じてると、あれあれ？　別に離婚したことって不幸なことではないんじゃない？　と思えてくる。

実のところ、その後って何かって言うと、その前でもある。また何かが起きる前でもある。ネガティブな環境をポジティブに書き換えていくことこそフィクションの効力そのもので、松さんからは誰よりその力を強く感じる。どうしてなんだろう。生まれつき気持ちが強いのかな。いや肩が強いのかな。意外と忘れっぽいのかな。わたしの場合は、なんでもすぐに面倒くさくなって考えるのを投げ出すというひどい方法で色々やり過ごしてるけど、松さんはどうかな。もしかして未来が見えてるのかな。わからないから、何度も同じことを書いているのかもしれない。

なんにせよ、全力でがんばってくださっているのは間違いない。

がんばる松たか子。

なんて美しい響きだ。

がんばらなくていいのにがんばる松たか子。

これも美しい。

がんばってるふりをする松たか子。

無限に美しい。今回もそうだ。その後とその前を変則的に行き来しながら、松さんの役はたくましくも軽やかにがんばっている。

最後に。駈とカンナならこう話すことだろう。

「つまりね、フィクションは人の心の中で個々に応用され、可変的なものであって、その後はその前であり、その前はその後であるのだから、離婚は結婚であり、結婚は離婚なんだ」

「どういうこと？」

「バッドエンドなんて存在しないんだよ」

「なるほどね……どういうこと？」

坂元裕二　さかもと・ゆうじ

1967年生まれ、大阪府出身。19歳で第1回フジテレビヤングシナリオ大賞を受賞しデビュー。「わたしたちの教科書」（CX）で向田邦子賞、「それでも、生きてゆく」（CX）で芸術選奨新人賞、「最高の離婚」（CX）及び「Woman」（NTV）で日本民間放送連盟賞最優秀賞、「Mother」（NTV）で橋田賞、「カルテット」（TBS）で芸術選奨文部科学大臣賞を受賞。『花束みたいな恋をした』で、自身初となる映画オリジナル脚本を手がけた。『怪物』でカンヌ国際映画祭脚本賞を受賞。

ブックデザイン　鈴木成一デザイン室
写真　末長真・富永タカノリ
DTP　ループスプロダクション
校正　鷗来堂
編集　田村真義（KADOKAWA）

ファーストキス　1ST KISS

2025年1月29日　初版発行
2025年4月5日　6版発行

著者　坂元裕二《さかもとゆうじ》
発行者　山下直久
発行　株式会社KADOKAWA
〒102-8177 東京都千代田区富士見2-13-3
電話0570-002-301(ナビダイヤル)
印刷所　TOPPANクロレ株式会社
製本所　TOPPANクロレ株式会社

●お問い合わせ
https://www.kadokawa.co.jp/(「お問い合わせ」へお進みください)
※内容によっては、お答えできない場合があります。
※サポートは日本国内のみとさせていただきます。
※Japanese text only

定価はカバーに表示してあります。

Printed in Japan
ISBN978-4-04-897856-9 C0093